世界动物小说
穿越极光的驯鹿

[日]草山万兔 著　[日]金尾惠子 绘

孙雅甜 译

贵州出版集团　贵州人民出版社

目录

驯鹿小群落 ················ 7

雌鹿为何会长鹿角? ············ 17

白色驯鹿诞生 ··············· 22

驯鹿游牧民族萨米 ············· 30

迁往夏季避暑地 ·············· 37

秋季赶鹿 ·················· 49

成为家养驯鹿 ··············· 56

坏心眼哈尔曼 ··············· 67

围场中的生活 ··············· 77

逃跑! ···················· 85

极光爆发 ·················· 94

走进钻石尘 …………………………………… 104

被貂熊袭击 …………………………………… 120

命中注定的相遇 ……………………………… 129

会潜水的驼鹿 ………………………………… 140

独自生存的力量 ……………………………… 147

用水遁法逃命 ………………………………… 158

北极冻原上的集体死亡 ……………………… 168

永别了,幸福的日子! ……………………… 180

与提提奥塔重逢 ……………………………… 190

回归野生世界 ………………………………… 206

关于驯鹿和驯鹿游牧 ………………………… 211

北极圈的秋天来得很早。八月末,树木便脱下了绿色的衣裳,换上了黄色、红色等鲜艳亮丽的服装。这个时候,驯鹿们将从牧场返回下方的森林。

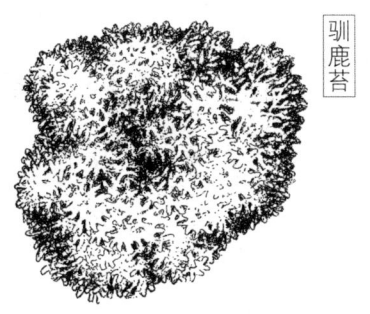

驯鹿苔

驯鹿小群落

  虽说已经是四月了,可积雪仍然很深。天空蓝得近乎透明。太阳像一颗钻石镶嵌在蓝天上,发出柔和的光。日光洒在掉光了叶子的白桦林中,使白色的树干分外显眼。林中地面被白雪覆盖,白桦树的影子在这块雪白的画布上描绘出错落有致的图案,让森林显得有些阴沉。

  "咯吱咯吱。"

  微小的有节奏的声音打乱了明亮又冰冷的寂静。

　　十一只驯鹿组成的小群落从积雪下方挖出驯鹿苔，津津有味地吃着。这声音就是他们吃驯鹿苔的声音。

　　这个小群落由六只长着气派的巨大鹿角的雌鹿和五只一岁的幼鹿组成，他们似乎除了吃，什么也不关心，一心一意地吃着驯鹿苔藓。

　　这里是位于芬兰北极圈伊纳里湖北部的地区。

　　极北地区的冬天十分严酷。树木掉光了叶子，大地被积雪覆盖，驯鹿吃的植物基本都没有了。只有一种营养丰富的食物仍在支撑着驯鹿的生命，这就是地衣门石蕊科的驯鹿苔。这是一种可高达十厘米的树状白色地

衣类植物，拿在手里看一看，就像是一小团干巴巴的枯枝。若是放进嘴里尝一尝，就会发现只有一丝的甜味，很想立刻吐出来。

这种像枯枝一样的东西吃进肚里能有什么用处呢？人们仔细分析了一下，竟然发现驯鹿苔不仅含有丰富的蛋白质，营养价值也非常高。食草动物驯鹿是完全有能力消化这种植物的。驯鹿能在极寒地区生存，多亏了驯鹿苔。

白桦树与白桦树之间有一些鼓起来的地方。八岁的雌鹿——兰，凭经验知道那下面生长着密密的驯鹿苔。兰用前蹄把雪刨开。积雪有二十厘米深，她没有猜错，雪下面是一层一层密密的驯鹿苔。

兰心中大喜,狼吞虎咽地吃起来。驯鹿的下颚生长着门牙,可是上颚却没有。不过上颚的嘴唇十分结实,就像是用橡胶做成的。驯鹿巧妙地活动上唇,下门牙则发挥切刀的作用,切断嫩叶、草和驯鹿苔。

兰一心吃着驯鹿苔,忽然觉得身上暖和起来,便回头张望。不知何时起,身后站了一只雌鹿。她在伺机凑上前来和兰一起吃挖出来的驯鹿苔。

兰瞪了她一眼,雌鹿战战兢兢地移开了视线。

兰掉转头,扬起鹿角顶了过去。

雌鹿慌慌张张地逃走了,身后雪花四处飞溅。

兰骄傲地瞥了她一眼,然后又若无其事地把脸伸进了雪坑里。

雌性驯鹿之间有一个优劣顺序的排序。和其他驯鹿相比,兰的体格更加优秀,不服输的性格则令她的动作十分机敏。在这个群落中,她排在第一位,一直保持着领袖地位。

一只快一岁的小鹿蹦蹦跳跳地走到兰身边,抬眼看了看兰的脸,便把头伸进雪洞里去了。

这是兰的女儿鲁奥斯塔。"鲁奥斯塔"是驯鹿游牧民族萨米人的语言,意思是"一侧肚子是白色的"。好不容易在积雪下面找到了这么多的驯鹿苔,怎么能让别的驯鹿抢走呢。谁要是胆敢和她抢,她一定会把他赶走!不过对自己的孩子就另当别论了,这对母女和和睦睦地一起吃了起来。

雪还没有融化。不过,到了四月气温也稍稍上升了一些。说是气温上升,也不过是脱离了零下三十摄氏度的严寒而已。即便是白天,气温也没有达到零摄氏度以上。

不过,从南方飞来的赤颈鸭和绿翅鸭欢快地歌唱着,远东山雀洪亮而愉快的叫声似乎在告诉人们,冰天雪地的严冬已经过去,春天已经来了。

凝固的冰冷空气突然晃动了一下,北风呼呼吹过。

兰像是被鞭子抽了一下,猛地抬起头,看着北方。

鹿群就在树林的边缘,林子的北面是一望无际的广阔平原,兰可以一览无余。

万里无云的蓝天上不知何时飘来了白色的云朵,仿佛被狂风吹着一般,迅速从北向南飘去。

兰凝神远眺,发现在白得耀眼的大雪原的边际上升起了一团灰色的雪烟,那团烟雾越来越大,逐渐向自己这边逼近。

兰突然高声鸣叫起来。

兰发出一声尖叫,转身朝树林中跑去。这是一个警戒信号,是在通知鹿群:有危险!

专心啃食驯鹿苔的雌鹿和小鹿们就像听到了百米赛跑发令枪声的运动员似的,调转脚跟一齐奔跑起来,飞快地跑进了白桦林中。

当刺骨寒冷的北风吹起，云彩像箭一般在空中迅速流动时，兰很清楚接下来会发生什么。如果仍旧站在田野上，一定会被猛烈的暴风雪卷走，埋在大雪下面。这种时候，只能躲在树林深处树木密集的地方，或是蜷缩在大树后面等待暴风雪过去。树林边缘太危险了。于是兰发出警戒信号，将危险告知同伴们，然后就全速冲进白桦林，到树林深处寻找避难所去了。

在一棵高大的白桦树周围，聚集生长了好几棵树。兰走到大树的南面，在树根处卧了下来。鲁奥斯塔也紧挨着母亲卧了下来。

排名第二的雌鹿安吉和另一只雌鹿也带着孩子过来了，她们和兰依偎在一起。

转眼间，猛烈的暴风雪就卷起滚滚雪烟呼啸而来。

森林仿佛被大海啸袭击了，瞬间卷入了疯狂的暴风雪中。树枝在"雪弹"的猛烈袭击下折断了，眨眼就被吹跑了。

六只驯鹿淹没在肆虐的暴风雪中，他们紧紧偎依在一起。孩子们被三位母亲围在中间，透过松软的毛发，他们可以感受到妈妈身体的温暖。不管风雪如何肆虐，可怕的风声在他们听来就像是摇篮曲，小鹿们不知不觉就舒舒服服地打起盹儿来。

疯狂的暴风雪整整刮了一天。然后，仿佛什么也没发生过似的，天空又变成了蔚蓝色，太阳也出来了，发出耀眼的光芒，大地一片寂静。

在暴风雪肆虐期间，气温也骤然下降了。如果和大风正面交锋的话，即使是耐得住严寒的驯鹿，体内的血液也几乎要冻结了。不过，只要能撑过这个严寒考验，暴风雪女神就会给勇士们奖赏。

经过这一场风暴，在大雪下面埋了一个冬天的红红的醋栗果实露出来了。这种果实酸甜多汁，嚼在嘴里噗嗤噗嗤地响，美味的汁液从红色果实里流出来，比起没有水分干巴巴的驯鹿苔不知要好吃多少倍。驯鹿们很快忘记了那场可怕的暴风雪，专心致志地享用着美食。

大天鹅排着漂亮的人字形队伍在透明的蓝天上飞翔。他们在温暖的南国度过寒冷的冬天，春天来临时，又飞回了这片土地。

"空！空！空！"有节奏的清脆叫声穿过整个森林，有时还夹杂着"吱！"的尖叫声。那是身穿漂亮的黑白色礼服、戴着红色帽子的小斑啄木鸟啄树的声音。他终于等到了春天的到来，现在正在树干上啄洞筑巢呢。

与昨天的恶劣天气截然不同，今天的天空蓝得耀眼，天气平静温和，兰所在的鹿群在悠然自得地吃着驯鹿苔。

兰的群落一边寻找驯鹿苔，一边缓缓向树林中移动。

前方有一个十几只驯鹿组成的驯鹿群。群落中没有成年雄性，只有雌鹿和幼鹿。和兰的鹿群不同的是，这个群落里有三四只年轻雌鹿。

兰朝那个鹿群瞥了一眼，没表现出特别的兴趣，默默地从他们旁边走过。

走过之后没多久，兰就发现有一只看着眼生的年轻雌性跟在了自己鹿群的后面。年轻雌鹿一开始还和群落保持着一点儿距离，后来就走进鹿群，开始采食驯鹿苔了。不过，其他驯鹿并没有驱赶她。

年轻雌性表现得仿佛她一直都待在这个群落中似的，不知不觉间就成了群落的一员。

广阔的森林中，并非只有兰的群落。从只有几只驯鹿的小群落到有三四十只驯鹿的大群落，鹿群们保持着适当的距离，散布在森林中，采食着驯鹿苔和醋栗果实。

就像日本猕猴群一样，驯鹿小群落的成员不是固定的。一般都是关系要好的同伴聚集在一起，所以群落成员大体没什么变化。不过成员随时可以离开群落加入别的群落，比较自由。驯鹿群十分宽容，会很顺利地接纳新成员。

白桦林的树叶都掉光了，透过树木之间的空隙可以看到很远的地方。从树与树之间，可以看到一只庞大的雄鹿的身影，就像一张剪影画横在枝丫之间。奇怪的是，雄鹿虽然体格雄健，却没有角，体重估计是兰的两倍，也正因为如此，没长鹿角的巨型驯鹿看起来很是滑稽，甚至有些怪异。

兰察觉到了雄鹿的气息，朝无角雄鹿瞥了一眼，然后做出一副漠不关心的样子，又去刨雪找驯鹿苔去了。

雄性驯鹿和雌性驯鹿在体形上相差悬殊。驯鹿和梅花鹿同属鹿科。鹿科动物有一个特点，一般来说雄性要比雌性大（这被称作体格上的两性差别）。而驯鹿的两性差别尤其明显，雄性大约是雌性体重的两倍。

鹿科动物的特征之一就是鹿角。一般来说，牛、犀牛和瞪羚属等长角的动物，从出生那一刻起，角一生都不会掉落。然而鹿科的动物却不同，雄壮的鹿角一年掉落一次，每年都会长出新角。

我们就以大家熟悉的奈良公园里的梅花鹿为例吧。

梅花鹿只有雄鹿才长角，雌鹿并没有角。在九月末到十一月初的繁殖期，雄鹿们为了争夺雌鹿，常常进行战斗。他们通常会低下头，用鹿角进行正面冲撞。成年梅花鹿的鹿角有四个杈，一个主干，三个分杈，角的枝杈互相纠缠在一起。在不断交战的过程中，战败的一方会爽快地认输放弃。一旦没能招架住对方的鹿角，脖子和肚子就可能会被鹿角刺伤，甚至会受重伤。

很明显，鹿角是战斗的武器。不过，繁殖期一过，用于战斗的鹿角就没有用处了。从十一月到一月，雄鹿的角会从根部断掉，啪嗒一下掉下来，然后，又会生出新的鹿角，为秋天繁殖期的到来准备好战斗的武器。

鹿科的雌性一般没有鹿角，不过驯鹿却是雄鹿和雌鹿都长着雄伟的鹿角。繁殖期是九月到十月，繁殖期结束后，雄鹿的角从十二月到一月开始掉落，这与梅花鹿是一样的。不过，有意思的是，雌鹿的角仍旧保持原样，直到晚春时节分娩结束后才会掉落。

雌鹿为什么会和雄鹿一样长着鹿角？为什么鹿角会一直保留到生产结束？这些疑问会在这个故事中一一得到解答。

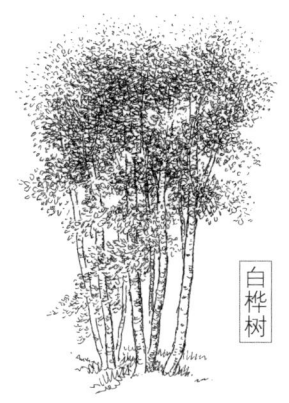

白桦树

雌鹿为何会长鹿角？

　　扒开白桦树根部的积雪，兰找出驯鹿苔吃了起来。雪洞的底部密密生长着几厘米高的驯鹿苔。驯鹿苔的生长很缓慢，一年只长两三毫米。所以，六厘米高的驯鹿苔需要将近三十年的岁月才能长成。

　　这里的驯鹿苔长得又粗又壮。兰咯吱咯吱地嚼着驯鹿苔，打破了周围的宁静。

　　鲁奥斯塔听见妈妈吃驯鹿苔的声音，连忙跑了过来。她毫不客气地把脑袋扎进了雪洞里。

兰十分大方地把雪洞让给了自己的孩子，又到十几米远的地方重新挖了个雪洞。

过了一会儿，没有角的雄鹿出现了。他快步走向鲁奥斯塔，仿佛雪洞是自己的东西似的，撑开两腿低下头，一下把脑袋伸进了雪洞里。

鲁奥斯塔吓了一跳，一股怒火涌上心头。对手是一只巨大的雄鹿，鲁奥斯塔知道强硬反抗是没有用的，可是她已经被愤怒冲昏了头脑，只想赶走这只无礼的雄鹿，便用头使劲顶了他一下。

雄鹿就像一棵巨大的冷杉，纹丝未动。只见他轻蔑地晃了晃脑袋，鲁奥斯塔就被一股强大的力量弹飞了，摔倒在雪地上。

一道褐色的闪电从鲁奥斯塔上方飞过——是兰。

竟敢抢夺她孩子的食物！兰愤怒了，决心教训一下这个无法无天的雄鹿，向他发动了攻击。

兰晃动鹿角，朝雄鹿的侧腹部猛戳了一下。雄鹿跳了起来，重新站好后，调整好姿势，准备应对兰的攻击。

兰根本不给雄鹿调整姿势的机会，迅速低下头，把鹿角对着敌人冲了上去。

如果雄鹿长着鹿角，他也可以低下头，用枝杈缠绕的鹿角牢牢抵住愤怒的雌鹿的鹿角。然而，现在是一月，他的角已经掉落了，紫黑色的鹿茸刚刚从鹿角根部萌芽。鹿茸十分柔软，很容易受伤。一旦受伤，痊愈以后也很麻烦。长大的鹿角会走形，或者鹿角的分权会减少，甚至一边的鹿角长成奇怪的丑陋形状。在鹿茸生长时期，雄鹿会十分小心，在穿越密林时也会注意不让鹿茸受伤。

好不容易才长出来的鹿茸要是被愤怒的雌鹿的鹿角弄伤了就糟了。雄鹿迅速掉转身，一溜烟儿地跑掉了，身后留下一小团雪雾。

冬天对驯鹿们来说是个难熬的季节。他们必须每天进食，否则无法生存，这是动物这种生物背负的宿命。对草食性动物驯鹿来讲，在青草干枯、大地被雪掩埋的冬天，他们的生命源泉被切断了，每天的生活都很严峻。为驯鹿提供生命养分的，是驯鹿苔这种在冬天也能存活的地衣类植物。

为了吃上驯鹿苔，驯鹿不得不在雪原上挖掘洞穴。放眼望去，到处都是白茫茫一片，驯鹿苔究竟生长在哪里呢？驯鹿能够发现生长在一米深的积雪下方的驯鹿苔，也许是依靠敏锐的嗅觉吧。这个超能力的秘密，人们现在仍然没有弄明白。

兰好不容易挖了个洞，可是雪洞下方的驯鹿苔少得可怜，兰吃完之后又看了看四周。

她看见一只陌生的雌鹿正把头伸进雪洞里吃得起劲，她还听见了咯吱咯吱嚼驯鹿苔的声音，看来那里有许多驯鹿苔。

兰毫不犹豫地朝那只雌鹿跑了过去。

雌鹿觉得有些不对劲儿,便抬起了头。她看见兰就站在身边。

雌鹿慌忙离开雪洞,向后退了五六步。

兰一副理所当然的样子,把头伸进了雪洞。

雪洞里生长着茂密的驯鹿苔。鲁奥斯塔也跑了过来,和妈妈并排吃了起来。"咯吱咯吱咯吱",母女两个发出清脆的咀嚼声,尽情地享用着大量的灰白色植物,不一会儿就填饱了肚子。

雪洞被夺走的雌鹿听着这炫耀的咀嚼声,灰溜溜地离去了。

兰的女儿鲁奥斯塔是去年五月出生的。未满一周岁的幼鹿还没有能力独自刨雪洞,获取充分的食物。母亲必须在自己挖出的雪洞里准备出孩子的口粮。

然而,挖雪洞很费时间,而且有时花很大力气挖出的洞里只有很少的驯鹿苔。要想确保两只驯鹿的口粮,不是一件容易的事。

有一个很好的解决办法,那就是把其他雌鹿挖好的雪洞抢过来。再也没有比不劳而获更好的事情了。不过,这种狡猾的手段,是强大的雌性才能享有的特权。

决定雌鹿之间优劣顺序的,主要是体格——体重大,体格健壮,肌肉结实,长着雄伟的鹿角。雄伟的鹿角可不是用来装饰门面的。又粗又长分权较多的鹿角展示了雌鹿的力量，仅凭这个就能够降服许多雌鹿，甚至都不用战斗。

在零下三十摄氏度到零下四十多摄氏度的超低温天气里，有时猛烈的暴风雪会刮上三四天，驯鹿只能默默地忍耐，等待风暴平息。

有些营养不良的幼鹿会被暴风雪埋住，被雪精灵夺走了生命。还有的幼鹿没能摄取足够的驯鹿苔，饿死了。无情的冬天是决定幼鹿生死的重要季节。不满一岁的幼鹿中，大约有百分之七十在冬天死亡。

为了度过寒冬，对幼鹿最重要的是吃掉足够的驯鹿苔，这就需要母鹿的帮助。所以，强大母亲的孩子会比较有利，存活的概率高，弱小母亲的孩子则处于不利地位，死亡率上升。

驯鹿的出生率很高，大部分雌鹿每年都会产崽。兰的群落中的七只雌性都生过幼鹿，现在孩子在身边的只有兰和其他两只雌鹿，剩下的四只幼鹿都相继在这个冬天里死掉了。

雪鹀

白色驯鹿诞生

让天地为之震动的猛烈暴风雪变得越来越少了。在平静晴朗的天气里，太阳挂在透蓝的天空上，洒下温暖的阳光。阳光融化了覆盖大地的积雪，褐色的土地露了出来，东一块西一块，像是在白雪上印上了许多斑点。可是，到了晚上，寒气又充斥了黑暗，融化的雪水再次被冻成了冰。

在阳光和冷空气的博弈中，春天正在缓慢地、却又坚定地取代冬天。

兰有些烦躁,一种无法捕捉的莫名的焦虑有时会涌上她的心头。

快到四月末的时候,气温终于超过了零摄氏度。白桦树和欧洲山杨发出了新芽,远东山雀"唧唧唧"的叫声听起来也有些圆润了。

积雪融化后露出的地面上长着一簇簇驯鹿苔,驯鹿们不用刨雪洞了,终于可以轻松地填饱肚子。

兰把白桦树枝头上刚长出的嫩芽扯下来吃掉了。树芽和干燥的驯鹿苔不同,树芽又软又甜,吃了之后能抚平心中的焦虑。兰光吃树芽还觉得不过瘾,连小树枝一并扯下来,狼吞虎咽地吃下了肚。

春天即将来临,白桦树的嫩芽从枝头冒出来了。每到这时,兰的心情总是异常烦躁,就连和同伴们待在一起都觉得麻烦。要是在平时,不跟大家在一起反而会不安。鲁奥斯塔凑上前来想要撒娇,兰竟然下意识地无情地推开了她。为什么会这么做?兰也弄不懂自己心里在想什么。

兰怀孕了。分娩日期临近,她的心情十分烦躁。

她想独自待着。兰离开了鹿群,走出树林,登上了高高的山坡。地上还有残雪,鲁奥斯塔想要跟过来,却被兰狠心地赶走了。

分娩开始了。

迎来繁殖期的雪鹀重复着单调的叫声,"滴——噜,滴——噜",仿佛在庆祝新生命的诞生。

兰变得十分神经质,在山坡上走来走去。

小鹿崽的头和两只脚从兰的屁股后面出来了。兰原地站了一会儿,憋足了力气想把孩子生出来,不过还是没办法静止不动,便又转着圈儿走起来。

不到十分钟,可爱的鹿宝宝降生了。

是一只浑身雪白的小鹿,散发着神圣庄严之美。鹿宝宝身上裹着湿漉漉的羊水,躺在地上,兰细心地舔舐着他的身体,把羊水舔得干干净净。鹿宝宝努力想要站起来。他用两只前足使劲撑着地面想要站起来,可很快就用尽了力气,摔倒在地。

兰并没有要帮他的意思。鹿宝宝就这样一遍遍地重复着站起、摔倒的过程,一个小时之后,他终于站了起来。

兰缓缓地迈开了步子。鹿宝宝想要跟上去,可是一下子又摔倒了。兰停下了,等待鹿宝宝用自己的力量站起来。等他站起来了,兰又缓慢前行了几步,这是在和小鹿一起练习走路。

五个小时之后,鹿宝宝已经能够自由走动了。这是一只雄鹿。小鹿依偎着母亲,含住了母亲的乳房,富含大量蛋白质和脂肪的高能量乳汁像喷涌的泉水一样流入了小鹿的嘴巴。

山丘上的平坦处,聚集了许多怀孕的雌鹿。怀孕的

雌性驯鹿一旦分娩期临近,都会离开群落,聚集到这座微微隆起的小山丘上。兰的群落里有五只怀孕的雌鹿为了生产来到这里。

由于一到分娩期,怀孕的雌鹿就离开群落,所以这个时候鹿群一下子缩小了许多。兰的群落只剩下没有怀孕的两只雌性和三只幼鹿。

有趣的是,剩下的雌鹿都没有鹿角。她们的鹿角在一个多月前自然脱落了。

孩子们自然还是想黏着妈妈。可是,一到分娩期,之前那个温柔的母亲就不见了,孩子们遭到了母亲的猛烈攻击,就好像他们犯了什么过错一样。如果幼鹿还是不吸取教训,继续纠缠母鹿,就会一次又一次地遭到冷酷的驱逐。无奈之下,他们只好和没有鹿角的阿姨们留在群落里。

兰生产的那一天,同时有几十只雌鹿分娩。不仅如此,在兰分娩前后十天的时间里,聚集在这座山丘上的两百只雌鹿,有百分之九十都生下了鹿宝宝。

平时几乎不出声的驯鹿,也只有到了这个时候,母鹿和幼鹿才会呼唤鸣叫,鹿鸣之声此起彼伏,营造出一派非比寻常的热闹气息。

兰把孩子留在灌木丛里,出去觅食了。她胡乱吃了些驯鹿苔,就赶回来喂奶了。鹿宝宝迫不及待地含住妈妈的奶头,贪婪地吃起奶来。

过了三四天，鹿宝宝能跟随兰走路了。鹿奶的营养价值极高，鹿宝宝长得很快，才一周的时间，他就能在妈妈身边活泼地又跑又跳了。这仿佛是一个信号，兰那一对雄伟的鹿角啪嗒一下从根部掉了下来。其他生下小鹿的雌鹿们不知何时也掉落了鹿角，于是，一个没有鹿角的母子大群落诞生了。

春雪从天而降。这种雪水分很多，比较重。虽说已经是五月初了，可冬天还是迟迟不肯离去，总是在出其不意的时候把蓝天抹掉，将整个世界染成一片灰色，在天地间刮起呼啸的寒风。

若是这样的日子持续三天，刚刚降生的小生命就有可能会被冰雪女王带到另一个世界。

所幸暴风雪只刮了一天，到了第二天，艳阳又开始照耀大雪原了。

兰拨开浅浅的积雪，大口大口地吃起驯鹿苔来。昨天饿了一整天的肚子终于能饱餐一顿了。

她突然感觉到一股异样的气息，便抬起头来。她看见三个男人从雪原上走了过来。

那些男人是很久以前就居住在这片土地上的萨米人，兰立刻就明白他们是什么人了。"啊，还是那些人。"她很快放下了戒心，低下头继续大吃驯鹿苔。

"嗯，今年生了不少啊！列夫。"

体格健壮的男人说道。

"米艾希[1]也很健康。我数了数,发现母鹿多一些。太好了!"

名字叫列夫的年轻人大声回答道。

三个萨米人来到了兰的鹿群里。兰抬起头瞥了男人们一眼,态度和其他群落的驯鹿走进鹿群时没什么两样,没有特别警惕。

"啊!那个是……爸爸、伊列皮,快看那个!"

列夫突然像发疯了似的大叫起来,用手指着一个方向。那个方向正是兰的孩子所在的位置。

"哇,太厉害了!是一只漂亮的卡帕[2]!"

尼昂基拉站在原地,感动得长舒了一口气。

"太好了!是公的还是母的?这可是个大问题。"

伊列皮低下头,盯着那只纯白色的鹿宝宝看起来。

"这家伙是个公的。要是母的该有多好啊!"

伊列皮低声嘟囔着,掩饰不住声音里的失望。

"不,公的也挺好!只要好好把它养成种鹿就可以了。这可是个不得了的宝贝啊!看看那纯白的毛色!一点儿杂毛也没有,简直就像是白银在闪闪发光。偶尔会有白鹿出生,不过我从没见过这么美的白鹿。这是冰雪女王赐给我们的礼物!今天晚上要好好庆祝一下。这下咱

---

1 指未满一岁的幼鹿。
2 萨米语,指毛色纯白的白鹿。

们这辈子的生活都不用发愁了。"

年长的尼昂基拉脸上挂着笑，说这话时露出了满足的神情。

被称作"卡帕"的浑身雪白的鹿宝宝完全不知道男人们说了些什么，他精神抖擞地跑到妈妈身边，一口咬住了奶头。

"嗯，看起来很健康啊！这样的话应该能顺利养大了。母鹿的体格也不错。哦，对了，这的确是咱们家的驯鹿吧，爸爸？咱们不会空欢喜一场吧？"

听列夫这么一问，尼昂基拉仔细睁大眼睛看了看驯鹿的耳朵。"应该没错，不过，为了以防万一——"他喃喃着拿出了双筒望远镜，看了起来。

"没错，母鹿的耳朵上有一道清晰的哈尔基记号。"

兰的耳朵尖上刻了一道名叫"哈尔基"的直线记号。今后，我们就给这只长着白银般洁白毛发的小鹿起名叫"卡帕"吧。

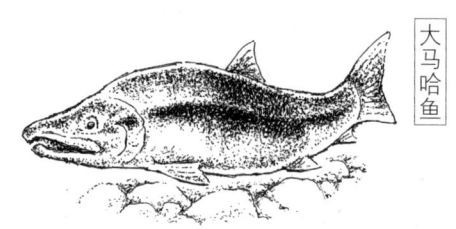
大马哈鱼

驯鹿游牧民族萨米

栖息在北欧萨米地区的驯鹿们过着无拘无束的野生生活，不过每一只驯鹿实际上都有主人。兰的小群落是尼昂基拉所有的一千两百只驯鹿中的一部分。

伊列皮和列夫是尼昂基拉的孩子。伊列皮二十岁，列夫十六岁，都是朝气蓬勃的青年。一千两百只驯鹿的大群落是尼昂基拉的父亲——艾洛夫爷爷的财产。

当积雪开始融化的时候，驯鹿们便开始产崽了。艾洛夫一家以放牧驯鹿为生，这对他们来说就意味着财产增加了，就像农民迎来秋天的收获季节，这是他们一年中最高兴的事情。

不满一岁的幼鹿在萨米语中被称为"米艾希"，米艾希最好是雌性。雌鹿到了三岁就会产崽，此后的六七年间，每年都会生下小鹿。一只雌鹿会为萨米人增加许多只驯鹿，因此是重要的财产。相反地，雄鹿可以拉雪橇或是做种鹿，不过数量少一些也没关系。

尼昂基拉父子看见兰的孩子后欢呼道："是卡帕！"而且尼昂基拉还说，如果是卡帕，是公鹿也无妨。那么，到底什么是卡帕？

驯鹿的毛色并不是只有一种。基本体色有褐色驯鹿（乔伊巴）、黑色驯鹿（穆切）、白色驯鹿（耶布雅）和白得耀眼的白鹿（卡帕）这四种。四种颜色经过组合大约有二十二种颜色，每一种颜色都有对应的萨米语，非常复杂。

其中，卡帕尤其珍贵。而全身都是卡帕这一种颜色的驯鹿更是弥足珍贵。卡帕色驯鹿毛皮做成的大衣和皮靴，是萨米人最时尚的装扮。

在严寒的极北地带，靴子十分重要。萨米语管靴子叫作"努托克"，是由驯鹿脚上的皮制作而成。即便是在雪地里行走，努托克也不会沾雪，御寒功能极好，而且十分坚固，长时间在雪原上行走也没问题。

努托克分为工作时穿的和庆典时穿的两种。萨米人非常爱美，当他们穿上美丽的刺绣服装时，一定会搭配一双盛装时穿的特别的努托克。女士的努托克用闪闪发光的银白色卡帕皮制作。男士的努托克则用黑色毛皮缝制，不过用的不是常见的黑色毛皮（穆切），而是一种被称作卡路亚·穆切的稀有的黑色毛皮。

如果兰的全身卡帕色的孩子是头雌鹿，那么将来生下卡帕色鹿崽的概率会很高。不用花费太大力气就能获得卡帕色的鹿皮。所以当伊列皮知道不是雌鹿时非常失望，而父亲尼昂基拉却安慰他，雄鹿也挺好。雄鹿一般只用作食用，只有特别的雄鹿才会被用来和雌鹿交配繁殖。要想生出优质的米艾希，必须要有一个优质的配种雄鹿。如果雄鹿是卡帕色的，可以和许多雌鹿进行交配，生出卡帕色鹿崽的概率同样也很高。不管怎样，米艾希诞生都意味着一笔宝贵的财富到手了。

下面我想说说这个故事发生的舞台以及萨米人。

北欧斯堪的纳维亚半岛北部，北极圈内的挪威、瑞典、芬兰三国以及俄罗斯的一部分被称作拉普兰（拉普人居住的土地）。

拉普人（即萨米人）大约有五万人，他们不喜欢被称作"拉普人"，便自称为萨米人。"拉普"在芬兰语中意思是"东西的边缘""边境"，"拉普兰"则意味着"未开化的土地""偏远地区"。这反映了芬兰人的看法。"萨米人"则是"正直的人"的意思。对于比芬兰人更早居住在这片土地上的萨米人来说，自然无法容忍"拉普人"这种带有歧视意味的称呼。

拉普兰（其实应该叫萨米兰）从十月到次年四月，平均气温都在零摄氏度以下，十分寒冷。这里没法种植农作物，萨米人的生活主要靠狩猎、采集野生植物和捕鱼来维持。这里有许多大马哈鱼和鳟鱼，捕鱼业十分兴盛。

一说起萨米人（拉普人），人们大都会有驯鹿游牧民族的印象。不过依靠放牧驯鹿维持生计的萨米人只占总人口的百分之十。然而，在挑战人类生存极限的极寒地带，放牧大量驯鹿的特殊畜牧方式吸引了世人的目光，于是就有了"萨米人就是驯鹿游牧民族"这样的说法。

以前，萨米族的人们与四处觅食走动的驯鹿群一起过着到处迁徙的游牧生活。所谓游牧，指的是没有固定居所，追随家畜四处迁徙的生活。然而，随着文明进程的推进和国家的成立，人们放弃了游牧生活，改成了定居生活。以前过的是带着驯鹿群落四处流浪觅食的游牧生活，现在则变成了放牧生活——以家这个根据地为中心，管理放养的驯鹿。

驯鹿群落是以家庭为单位进行管理的。鹿群和管理鹿群的家庭一并被称为"希塔"，驯鹿群有时也被叫作"希塔"。通常一个家庭组成一个希塔，不过也有好几家亲戚共同组成一个希塔的。一个家庭拥有三百到一千五百只驯鹿组成的鹿群，如果是许多家庭，管理的则是一千五百只到四千只驯鹿组成的大群落。

虽说是管理,却不是在栅栏中饲养,或是阿尔卑斯山脉牧场上常见的牧羊人、牧羊犬管理羊群那样的管理方式。驯鹿是完全自由的——除了为躲避蚊虫和牛虻而进行夏季转场的时候,秋天和冬天打记号的时候,以及集中驱赶驯鹿进行屠宰的时候。

如果在这个时期去拉普兰旅行,随处都能遇见驯鹿的小群落。旅行者会以为那是野生驯鹿。可他们又觉得不解:这些驯鹿怎么不怕人呢?实际上游客看见的每一只驯鹿都是有主人的,这个事实会让游客大吃一惊。每一只驯鹿的鹿角形状和毛色都不一样,也许就是根据这些区分自己的驯鹿和别家的驯鹿吧——事实并非如此。超过一千只的庞大驯鹿群是绝不可能根据鹿角和毛色来辨别的。

揭开秘密的关键就在于驯鹿的耳朵。

凑近仔细观察,就会发现所有驯鹿耳朵上都有伤。根据这个伤口(其实是刻在耳朵上的印记),可以判断出驯鹿是哪一家的。

希塔集合起来可以组成工会。工会决定出最基本的十六种耳朵记号,再进行排列组合,就会产生许多种记号。如果希塔很多,把相邻的工会也算进来,耳朵记号甚至能达到一千种以上。驯鹿在芬兰语中叫作"普罗",

驯鹿牧民叫"普罗米埃斯"。普罗米埃斯将这些记号记得清清楚楚，只要看一眼耳朵立刻就能识别出这是谁家的驯鹿。

艾洛夫一家的希塔的记号是耳朵尖上竖着切出的哈尔基印记，兰的群落中的所有驯鹿，除了今年刚出生的米艾希，全都在耳朵上标上了记号。而且，除了哈尔基记号外，耳朵上还有一道小的刻痕。这条小小的痕迹每一只驯鹿都各不相同，表示了每只驯鹿的独一无二的身份。尼昂基拉盯着兰的耳朵看了一会儿，确信这的确是属于艾洛夫一家的希塔，正是因为他核对了哈尔基记号。

麻蝇

迁往夏季避暑地

到处都有驯鹿宝宝降生。过上三四天,驯鹿宝宝就能自由行动了。带着孩子的母鹿自然而然地走到了一起,组成了一个庞大的母子群落。

驯鹿有群居的习性。兰的群落里的雌鹿和幼鹿也回到了母子群落,其他分散行动的雌鹿和幼鹿也聚集到母子群落里。

还有那些没有结成群落、散在四处的独居雄鹿,也加入了这个母子群落。

兰所在的群落扩大成了接近三百只驯鹿的大群落。艾洛夫一家的希塔中除了兰的群落之外，还包括小至四五十只、大至四百只的群落，主要是母鹿和幼鹿。这些群落一边缓缓觅食，一边向南方迁徙。

　　远处传来了狗吠声，卡帕被那个声音吓得浑身一颤，一遇到危险就要发出警戒信号的本能让卡帕立刻紧张起来。不过，他看到兰正在若无其事地吃驯鹿苔，紧张顿时消失了，安全感又回来了。

　　山丘下方出现了两个男人和一只狗，是萨米人列夫和伊列皮。

　　"嗯，驯鹿们已经开始行动了。今年冬天特别长，我还担心夏季牧场的迁徙会延迟呢，目前看来一切顺利啊。"

　　伊列皮说道。他腰带上挂着短刀，脖子上围着一条红底绿色竖条纹的围巾。

　　"看！卡帕在那儿！长得很精神啊！"

　　围着蓝底红色横条纹围巾的列夫两眼发光。

　　"小的鹿群还有些分散，得赶快把它们赶到一起啊。要是混进别家的希塔就麻烦了。"

　　伊列皮说完，就和列夫一起走下了山丘。

　　在驯鹿社会里，雄鹿和雌鹿的生活方式不同。雌鹿和幼鹿会聚集在一起形成一个小群落，群落的成员并不固定，随时可以离开群落，加入其他群落。

雄鹿基本上不过集体生活。年轻雄鹿有时会聚在一起组成年轻雄性集体，不过成年以后就不再结成群落，而是过着独居生活。

但是，进入五月，驯鹿社会会发生巨大的变化。雌鹿们会经历分娩这个重大事件，以此为契机组成母子群落。然后，以母子群落为中心，分散的雌性群落和独自生活的雄鹿都会聚集起来，形成更大的群落，这就是"哈德"。

六月，又阴又冷的冬天的大幕仿佛突然收起来了，明亮鲜艳的春天的世界降临了。在日历上，六月应该是夏天了，可是在极北之地，严冬的势力很强大，春夏秋都被压缩了，六月实际上才是春天。

拉普兰的森林由云杉、松树和白桦树组成。白桦树柔软的绿色嫩叶沐浴着明亮的阳光，在清风中摇曳。地面上，河岸边的欧洲山杨、低矮的灌木发芽了，浆果类和毛茛科植物盛开着红、黄、白等五颜六色的花朵，白雪覆盖的大地一下变了模样，被春天的精灵们努力装点成了一座美丽的花园。

为了吃上驯鹿苔而不得不耗费一天大部分时间挖雪洞的冬天过去了。到了六月，嫩叶长出来了，大地开满了各种鲜花，对驯鹿来说，就像是天堂的花园打开了大门。然而，五月中旬以后，分散在四处的驯鹿小群落会不约而同地聚集在一起组成一个大群落，向着高地进发。

这是为什么呢？

事实上驯鹿的夏天并不好过。驯鹿是冬天的动物。为了能够抵御零下五十摄氏度的严寒，厚密的毛发下面储藏了厚厚的皮下脂肪，就连脚趾之间都长了密密的毛。也就是说，驯鹿穿了一件防寒服。

到了五月的后半段，驯鹿的冬毛开始脱落，渐渐换上了较短的夏毛。他们脱下了冬天的厚大衣，换上了轻薄的夏装。可即便如此，一旦气温达到二十摄氏度，他们就会热得气喘吁吁。所以，为了避暑，驯鹿就会结成群落迁移到通风凉爽的高地或是北冰洋一带去。

这里又有一个疑问了。

大迁徙的原因明白了，可是为什么要结成庞大的群落呢？在这之前驯鹿们都是组成一个个小群落自由自在地生活。如果要避暑的话，完全可以小群落的形式迁徙到高地和北冰洋啊。

一般来说，鹿科和瞪羚等有蹄类动物结成群落的主要原因是防御捕食者。有蹄类动物是温顺的食草动物，是食肉动物和猛禽类的攻击目标。

捕食者为了不让猎物有所察觉，通常会悄悄靠近猎物。如果只是一只食草动物，有危险靠近的时候很难察觉，很有可能遭到袭击。然而，一旦结成群落，将有许多眼睛、耳朵和鼻子监视四周的情况，发现有捕食者靠近的可能性就会很高。结成群落是被捕食者对付捕食者的防御手段。

那么,这个说法是否适用于驯鹿小群落聚集成几百几千只的大群落进行迁徙呢?

答案是,不适用。

那正确的答案是什么?是"虫子"。

在北极圈里,驯鹿的敌人——捕食者有许多。棕熊、狼、貂熊、猞猁,还有捕食幼鹿的金雕等等,这些都是可怕的敌人,以前数量很多,驯鹿们的处境随时都很危险。现在狼和棕熊变少了,在这种状况下,驯鹿时而组成小群落时而结成大群落,除了应对捕食者之外,必定还有其他的原因。

北极圈对动物来说是非常严酷的生存环境。想尽办法确保食物是最重要的。驯鹿的主食驯鹿苔生长速度慢,植株矮小,和吃草比起来,吃驯鹿苔的效率要差很多。所以,与其结成大群落,倒不如分散成小群落各自行动,合理分享食物——这种方式的效率更高。于是,冬天驯鹿们就结成小群落分散觅食。

初夏来临,青草都长了出来,花也开了。蜜蜂、虻和蝴蝶仿佛就在等这一刻的到来,忙忙碌碌地飞来飞去。在土里和枯木里蛰伏的虫子也陆陆续续钻出来了,这场春夏之交的庆典就此拉开了帷幕。

刚刚发芽的白桦树和花楸,在冬天的风雪中仍然常绿不衰的赤松和云杉，在这些树木组成的森林中，响起了热闹的春天之歌。"唧——唧——唧——唧——"，这是远东山雀在啼叫。"咕哩咕，咕哩咕！"这是早在四月就从南方飞回、已经在湖里住下来的绿翅鸭在大声鸣叫。

小鸟们在忙着筑巢，驯鹿为他们提供了建造鸟巢的上好材料。这个时期正好是驯鹿换毛的时候，从厚厚的冬毛换成夏毛。换毛的时候，冬天的毛并不是一下子脱落下来，而是在身体各部位摩擦的过程中掉下来形成毛球，穿过灌木丛时毛球就会掉下来。这对小鸟们来说可是上好的礼物。他们捡起一团团毛球，就能筑成一个温暖的鸟巢了。

极北地区混生着灌木的草原被称作冻土地带。在这种地区，一年的大部分时间土地都是冻结的。到了夏天，冻土层融化，草原上形成许多湿地。这些湿地会产生大量的蚊子，还有吸血虻类和麻蝇，这些虫子会一齐向驯鹿发起攻击。

麻蝇会在驯鹿的皮肤里产卵。麻蝇卵在皮肤下方孵化成蛆虫，蛆虫以驯鹿肉为食，变成蛹虫，到六月成为成虫后从驯鹿体内飞出。驯鹿背上之所以有糜烂的地方，就是麻蝇成虫破蛹而出时造成的伤口。

卡帕抖了抖身子，赶跑了扑过来的蚊虫，可是只要一有机会，蚊子就会飞过来叮咬。

耳朵里，虻在嗡嗡地飞来飞去。卡帕把耳朵在妈妈肚子上蹭来蹭去。虻逃走了，可是右耳朵却痒得不得了，看来不知不觉间已经被咬了。

麻蝇飞过来了。卡帕在兰身上蹭啊蹭，可是纠缠不休的麻蝇就是不走。不多会儿，一大群蚊子像一团乌云似的朝这边飞过来了。卡帕下意识地一头钻进了驯鹿大群落。待在大群落里就能把自己藏起来，也能躲避蚊虫的攻击了。

兰也忍无可忍了，跳进了大群落。她在紧挨着身体前行的驯鹿群里行走着，尽量朝鹿群的中心走去。

所有的驯鹿都和兰、卡帕的想法一样，想要钻进鹿群躲避蚊子和虻的攻击。因此，鹿群的边缘地带十分混乱，挤满了东跑西窜的驯鹿。

然而，并不是谁都能挤进鹿群的中心地带的，那是地位优越者才能享有的特权。驯鹿是等级社会，每个个体之间的优劣排序十分清晰。这么多驯鹿聚集在一起，肯定会遇上许多不甚了解的陌生驯鹿。不过，互相推搡一番，很容易就能辨别出谁才是强者。顺利挤进群落的驯鹿由于暴露在外面的身体部位变少了，被蚊虫围攻的概率也变小了。而且每当活动身体时都会蹭到旁边的驯鹿，围在身上的蚊虫就会被赶跑了。

驯鹿们聚在一起结成庞大群落的主要原因就是为了保护自己免受害虫的攻击。不过，能够顺利逃脱的是占优势地位的个体。那些被挤到群落边缘的弱者就惨了，遭到了蚊子和虻的猛烈叮咬。

驯鹿们互相拥挤着朝高原地带迁徙。

冬天期间分散的小群落自然而然地聚集成一个大群落，向着夏季避暑地迁徙，这是驯鹿与生俱来的习性。萨米人巧妙地利用这个习性，把属于自己的分散的驯鹿汇集到一起。他们在把希塔带到夏季避暑地的同时，还把那些散在四处的驯鹿集合起来，重新组成希塔。

不过，问题是，如果分散的小群落里只有自己的驯鹿倒也罢了，可是有时自己的驯鹿会跑到其他希塔里，有时外部的驯鹿又会闯进来。因此分辨驯鹿是一项十分重要的工作。

伊列皮他们在狗的帮助下把分散的小群落赶进了自己的大群落里。

把驯鹿赶到一处有一个窍门，那就是决不能吓唬他们，不能让他们产生警戒心。在借助狗的帮助时，必须十分谨慎，否则就会失败。狗有一种追逐猎物的本能，当狗叫或跑时，驯鹿会开始逃跑。所以如果不立刻把狗控制住，狗就会去追赶驯鹿。如此一来，好不容易才聚到一起的驯鹿群会兴奋起来，跑向四面八方。真要变成这样就束手无策了，驯鹿们很快就会从视线里消失。

"嗯，这下两百只鹿都齐了，把它们和主群落赶到一起吧。"

伊列皮说完，命令列夫："把赫尔基带过来。"

不一会儿，列夫用绳子牵着一只长着鹿角的体格雄壮的雄鹿走了过来。按理说，从去年的十二月到今年一月是雄鹿鹿角脱落的时期，雌鹿在分娩一周后鹿角也会脱落，因此这个时期应该不会有长着鹿角的驯鹿。可是，只有这只叫赫尔基的雄鹿头上还长着威风凛凛的鹿角。

赫尔基的意思是阉割后的雄鹿。所谓阉割，就是通过手术把雄鹿的精巢摘掉，令其失去雄性繁殖能力。这种雄鹿即使到了交配期也不会对雌鹿产生兴趣，也没有交配能力。阉割雄性与一般的雄鹿不同，鹿角上一直覆盖着一层天鹅绒般柔软的鹿茸。一般的雄鹿临近交配期时会在木头和岩石上摩擦鹿角，磨掉那层天鹅绒般柔软的表皮，露出角质的锋利的鹿角。

然而，阉割雄性不会磨去这层茸毛，因此角上一直有一层鹿茸。

列夫手里牵着绳子，把赫尔基带到了群落的前面。赫尔基的体格比一般雄鹿高大，力量也很强大。赫尔基受到了很好的训练，平时都是做些拉雪橇、搬运货物等体力劳动。

列夫牵着赫尔基，慢慢地走着。驯鹿有跟随首领头鹿的特性。赫尔基拥有雄伟的体格和鹿角，具备领袖风范，因此驯鹿们很放心地跟在他身后。

通过尼昂基拉的努力，艾洛夫希塔的一千两百只驯

鹿汇成了一个群落。

这个庞大群落的最前列是赫尔基,紧随其后的是一个异常拥挤的巨大的鹿群。咔嗒咔嗒!鹿蹄碰撞的声音奏响了一支大军前进的进行曲。

驯鹿大群落以赫尔基为顶点,形成了一个三角形,驯鹿们一面觅食一面朝着高地缓缓移动。位于三角形边缘的是弱小的驯鹿,他们拼命想要钻进鹿群里,可是里面的驯鹿又千方百计阻止他们进来,这两种势力的较量一直在进行。所以,群落的形状有时候会变成椭圆形,仿佛一个巨大的一直在运动的变形虫,始终保持着流动性,不断前行。

越橘

秋季赶鹿

北极圈的秋天来得很早。八月末,树木便脱下了绿色的衣裳,换上了黄色、红色等鲜艳亮丽的服装。这个时候,驯鹿们将从牧场返回下方的森林。到了八月底,气温下降了,有时还会下雪或者雨夹雪,令驯鹿们头疼的、纠缠不休的蚊子和吸血昆虫也都消失了。而且,森林里已经准备好了丰盛的秋天的果实。

汇聚成大群落在夏季高地避暑的驯鹿们到了森林地带后,又分散成许多小群落,各自开始自由行动。

森林中的树木大多是白桦树，树叶变黄了，像是染过一般，在阳光的照耀下闪着金光。在一片金色的光辉中，花楸的红叶像一团团燃烧的火。河岸边的柳树一片金黄，其间点缀着几株红红的沼桦。

当地人管极北地区的秋天叫"露丝卡"，卡帕陶醉在这豪华绚烂的秋的画卷里，高兴地跑来跑去。

最让人感激的是秋天丰盛的果实。紧贴着大地生长的各种色彩斑斓的灌木丛里结满了各种味道不同的美味果实。

卡帕最喜欢的果实是越橘的浆果。越橘是一种高十到十五厘米的常绿小灌木，每到初秋时节会结出许多红色的果实。咬在口中，酸酸甜甜的美味汁液滋润着唇舌，真是绝妙的味道！

笃斯越橘、岩高兰，有时还会有蓝莓。这些果子都是直径一厘米左右的紫黑色小圆果，又酸又甜十分美味。

萨米人和芬兰人把这些果实统称为浆果类，初秋时节，人们会到山里来采摘浆果。

他们的饭桌上总会摆着越橘或笃斯越橘做成的果汁，就像日本人爱喝茶一样，他们十分爱喝这些果汁。

今年出生的卡帕并不知道严冬正在逼近。沐浴着温暖柔和的秋日阳光，在黄色和红色织就的华丽森林中，卡帕尽情地享用着各种多汁的美味浆果，十分满足。

驯鹿牧民们十分忙碌。如果他们不管驯鹿，驯鹿们就会自己结成一个个小群落，跑到不知道什么地方去了。他们必须把自己的希塔集中在某个范围内。可是，无论他们怎么留意，毕竟鹿群不是用栅栏围上的，总会有驯鹿混进旁边的希塔。伊列皮兄弟忙着拜访邻居家的希塔，要是发现有自己家的驯鹿，就得把它带回来。

即便放狗去追，有的时候还是没法把驯鹿带回来。这种时候，驯鹿牧民就会使用套索抓驯鹿。他们都是扔套索的高手。如果不会扔套索，就不能称得上是独当一面的萨米驯鹿牧民。他们从孩童时代就开始拼命练习扔套索了。

九月十日，赶鹿开始了。对萨米驯鹿牧民来说，这是一年中最重要的节日。赶鹿的目的是给今年出生的鹿崽，也就是米艾希在耳朵上刻上记号。这就需要把分散的驯鹿赶到一起，暂时圈进栅栏里。

驯鹿们从夏季避暑地的高原地带来到低地，虽然也有三四百只驯鹿聚在一起的情形，不过仍有不少驯鹿是以小群落的形式分散在四处。就算费尽力气把它们赶到了一处，也常常出现其他希塔的驯鹿混进来或自己的驯鹿跑到其他群落中去的情况。那么究竟怎样才能分辨出自己希塔的米艾希呢？

米艾希长得很快，经过长途跋涉，身体也变强健了，已经可以自己觅食了，不过有时候还会喝母亲的奶，行动的时候总和母鹿待在一起。母鹿的耳朵上自然有记号，因此她的孩子也一定是自己家的。然而，一旦错过现在这个机会，米艾希断奶之后会变得越来越独立，到时候就不一定跟母亲一起行动了。

艾洛夫家最先被赶到一起的三百只驯鹿被赶进了围栏。

夏季赶鹿比较轻松。即便不怎么管，驯鹿们为了躲避蚊子和吸血昆虫也会跑到高处去，这是驯鹿的习性。人们只要巧妙地控制好这一过程就可以了。可是到了秋天，要想把驯鹿赶到一起再赶进栅栏，就需要高度的技巧和耐心了。毕竟森林里到处都是食物，驯鹿没必要结成大群落。

圈住驯鹿的栅栏建在一座地势稍高的山丘上。驯鹿一旦感到有危险，就会跑向高处。赶鹿正是利用了驯鹿的这个习性。去往山丘的路上必须经过一段山脊。走在山脊上狭窄的小道上时，驯鹿们会排成一个纵队。这时正好可以数驯鹿的数量，而且有助于把鹿群规整到一起。

芬兰不愧是森林和湖泊的国度，大大小小的湖泊和湿地散布在四处。那些长长的湖泊和面积较小的湖散布的地方简直就是天然的栅栏。巧妙地利用这种地形，让驯鹿们从湖水这个天然栅栏四周的通道经过，自然而然地被诱导进牧场围栏里。

驯鹿群落走到牧场围栏附近时，突然一下停住了。驯鹿们感觉到了隐隐的不安，仿佛有什么不好的事情在等着他们。

列夫牵着体格异常魁梧的赫尔基,站在鹿群的前头。列夫装作若无其事的样子,故作镇定地牵着温驯的赫尔基,向牧场围栏走去。陷入不安的驯鹿会因为一点点风吹草动而动摇。一旦有一只驯鹿受惊跑起来,驯鹿们就会像一团燃烧的火一样兴奋起来,一齐奔跑起来。那样就无计可施了,一旦奔跑起来,只能等待鹿群自己停下来。

这种气氛一旦感染到整个鹿群,就会引起大混乱,驯鹿们会分成几个群落朝四面八方跑去,好容易才赶到一起的大鹿群转眼就会消失得无影无踪。

到了围栏前面,如何把驯鹿巧妙地引进围栏,是萨米驯鹿牧民展示自己本领的时刻。最重要的是要做到不慌不忙,无论发生什么,都要装作若无其事的样子沉着应对。其实,列夫心里明白驯鹿们突然陷入不安的原因,因为他们听到了远处的狼嚎。狼的嚎叫声顺着风飘来,那声音很微弱,说明危险距离这里很远。然而,驯鹿总是对袭击自己的动物时刻保持警觉,这是他们的习性,所以才会被吓到了。

除了狼叫声以外,还有一个让驯鹿紧张的东西——围栏。驯鹿们是有记性的,就算走进围栏里,除了当年出生的米艾希以外,不会有任何事情发生在他们身上,倒也没什么可担心的。不过,他们仍然对被圈在狭窄的地方这件事有抵触。

列夫牵着的赫尔基的脖子上挂着铃铛。有节奏的铃声和鹿群中高高耸起的标志——赫尔基雄伟的鹿角,能给整个群落带来安全感。

被赶进围栏里的两百只驯鹿有些兴奋,缓缓转起圈来,形成了一个旋涡。依照驯鹿的习性,旋涡是朝逆时针方向旋转的,因此,处于旋涡中心的人,很容易就能看见驯鹿的左耳。鹿群主人很快就会凭借耳朵上的哈尔基图案找到带着米艾希的雌鹿,抓住米艾希,在耳朵上打上印记。于是他们自己拥有的驯鹿又多了一只。

"卡帕在哪里?千万不能把他弄丢了。"尼昂基拉说。

"不知有没有在这个群落里。"列夫有些犹豫地说,四下看了看。

"找到了!没错!在那只大的母鹿的身后。"

卡帕拼命跟着妈妈,努力不让自己落下。驯鹿们一边拥挤推搡一边前进。鹿群突然开始向中心紧缩,仿佛两侧受到了压迫。挤压的力量非常大,好像一不小心就会淹没在身旁的驯鹿中。可是,突然之间,挤作一团的鹿群又开始向外膨胀,在离心力的作用下身体几乎要被弹飞了。卡帕好几次都差点找不到妈妈了,十分慌张。

卡帕想要看看妈妈在哪里,抬起了头,这时,列夫迅速扔出了套索。套索在空中飞过,恰好套在卡帕的脖子上。

突然被套住脖子的卡帕大吃一惊,猛地跳起来。

列夫露出一脸坏笑,心里说:这下你可上当了!他使劲拽了一下绳子。卡帕摔倒在地,列夫和尼昂基拉迅速冲上去,使出全身力气制服了卡帕。

卡帕被捉住了,耳朵上被列夫他们用刀子刻上了印记。这下他成了拥有哈尔基印记的艾洛夫希塔的一员。

棕熊

成为家养驯鹿

十一月二十日,冬天的圈鹿开始了。九月那场圈鹿是为了给米艾希打上耳朵记号,而冬天的这次圈鹿则事关所有驯鹿尤其是米艾希的生死,是一项十分重要的工作。对驯鹿牧民来说,雌鹿是产下鹿崽的生产者,自然十分看重,而雄鹿就不需要那么多了。雌性米艾希都会留下,大部分雄鹿则会被屠杀。健康强壮的雄性米艾希会被选出来当作种鹿或被阉割。成年雌鹿当中,身体衰弱的雌鹿、不能产崽的衰老的雌鹿,或是派不上用场的瘦弱雄鹿等等将会被捉起来杀掉，鹿肉、鹿皮和鹿角等会被卖掉。这对驯鹿牧民来说是最重要的收获时节，而对驯鹿们来说则是生死攸关的受难的季节。

从九月末开始，雪一直在下。大地和森林已经完全被白雪覆盖，放眼望去，一片银白色的世界。与九月时的圈鹿不同，冬天借助滑雪板、雪橇和狗进行赶鹿，实际上并没有那么难。

不过，冬天的圈鹿有另外的困难。那就是从十一月二十七日开始到次年一月十八日的极夜时期。

位于极北地区的拉普兰，夏季会一整天太阳高悬，处于极昼的世界。而到了秋天，再到冬天，太阳离地平线越来越近，十一月二十七日那天，太阳会落到地平线以下，此后不管白天黑夜都不会再出现。这种状态被称作极夜，是与极昼相对的。到了一月十八日，时隔两个月，太阳又会从地平线露出脸来。萨米人把这个时期称作"卡茅斯"。

或许你会觉得，一整天都不见太阳，世界肯定是一片漆黑。不过事实并非如此。在日本，到了晚上，太阳一落山，也就意味着太阳转到了地球的另一侧。因此，黄昏来临时四周是一点点变暗的，如果没有月光，周围就会陷入完全的黑暗。当黎明来临时，天空渐渐变得明亮起来，太阳从地平线露出脸来。

太阳一下山，世界就会变黑——这是日本人的常识。可是在拉普兰的极夜，太阳就算下降也离地平线不远。从十点半到下午一点半这段时间，太阳虽然在地平线以下，但就在地平线附近，从地平线下方有阳光斜射出来，会把天空照射成黄昏时的样子。远处的东西看起来会有些模糊，不过借助微弱的光线，还是能看见物体和景色的。

"真想喝一杯热咖啡啊！"

伊列皮伸了伸腰，冒出了这句话。

他已经从早上工作到现在了，一刻都没停。别说吃午饭了，就连喝杯咖啡的时间都没有。能干活的时间很短暂。而且猛烈的暴风雪随时都可能降临，必须有效利用有限的时间。

"还好今天有月亮。就剩两个小时能干活了。热咖啡在等着咱们呢。这是最后一个鹿群了。伊列皮，加把劲儿啊！咦？这只是'考奇普罗'。伊列皮，打开这边的门。对了，卡帕不在这里啊，怎么回事？"尼昂基拉有些担心地说道。

蓝黑色的天空没有一丝云彩，晴空万里，月亮出来了。有月光的日子能比平时多工作两个小时。

所谓"考奇普罗"，是指家养驯鹿。驯鹿虽然是在天地间自由放养，不过到了冬天，觅食却十分辛苦，有时候还会遭到狼和棕熊的袭击。一到冬天,人们总会失去几只驯鹿。一旦失去怀有身孕的雌鹿,那将是莫大的损失。于是,萨米人会选择健康的怀有身孕的雌鹿,养在家附近的围栏里,喂它们吃干草和驯鹿苔。

两岁半的雌鹿大都怀孕了。萨米人会从中挑选出看起来能产下小母鹿的健康雌鹿,把它变成家养驯鹿。不过,单看外表的话,是无法判断有没有怀孕或是能不能生下小母鹿的。交配期是九月到十月,只有大约一个月的时间,就算怀孕了,胎儿也很小,肚子还没有鼓起来。所以,选择家养驯鹿并没有什么特别的标准,只能凭借长年的经验,挑选那些看起来能生小母鹿的年轻雌性。

驯鹿第一次产崽是在三岁时,大部分雌鹿在生下第一胎之后的五年间,每年都会生产。这其中还有只生母鹿的优良雌鹿,这样的雌鹿每年都会被捉起来当家养驯鹿。

虽然喂养家养驯鹿只在冬天进行,不过这项工作十分辛苦。夏天时就必须事先准备好大量的干草,而且收集驯鹿苔也是很费力气的差事。在森林中的确能找到驯鹿苔聚集生长的地方,不过采集时要把雪挖开,每次都会把人累得筋疲力尽。毕竟是在零下四十摄氏度的严寒中工作,身体简直要冻僵了。如果工作太卖力出了一身汗,一旦汗水变凉,仿佛穿了一件冰做的衣服,搞不好还会引起冻伤。

选择家养驯鹿时，主要在两岁半的年轻雌鹿里挑选，不过去年家养驯鹿中产下雌鹿的优良雌性也会被选中。这项工作必须迅速完成，因此要求挑选的人必须是熟手。

"哎呀，那边的那只母鹿是去年生下小母鹿的奇莎，归入家养驯鹿！"

尼昂基拉话音未落，列夫迅速打开旁边的栅栏门，把两只雌鹿放进了专门为家养驯鹿辟出来的小牧场。当驯鹿经过时，列夫啪地拍了奇莎的屁股一下。

"给我生个好鹿崽儿！我会给你喂好吃的！"

奇莎纵身一跃，快速跑进了小牧场的围栏里。

"可找着你了！卡帕！"

尼昂基拉说这话的同时，伊列皮跑进鹿群中，飞快地用绳子套住卡帕的脖子，然后使劲一拉。卡帕吓了一跳，挣扎着想要逃跑，可是一眨眼的工夫就被翻倒了，然后被塞进了袋子里。

"得把它当宝贝供起来啊！这可是能生金蛋的种鹿啊！"

尼昂基拉一脸坏笑，扛起装着卡帕的袋子，扔进了小牧场。

兰甚至都来不及愤怒，更别说冲上来了。萨米人迅如闪电的绝技令她束手无策，只能眼睁睁地看着自己的孩子被装进了袋子，她随即就被卷进了驯鹿大群中，很快远去了。

第二天，天还没亮，仍然装在袋子里的卡帕就被扔到了雪橇上，急匆匆地运往艾洛夫家。两只体格雄壮的赫尔基用力拉着雪橇，全速在雪原上奔跑。这可是珍贵的卡帕色米艾希，必须要精心呵护。

雪橇一路狂奔，到家时，天空亮了起来。

刚解开袋子上的绳子，卡帕就猛地跳了出来。他一身纯白色闪着银光，照得人睁不开眼。

"哇！好棒的卡帕！简直就像雪精灵！"

热闹的声音传来，女儿汉娜抱来了干草。

"你累坏了吧？多吃点吧！从今往后，就由我和皮埃拉照顾你啦。我叫汉娜。你可要记住啊！"

卡帕对这小鸟啼叫般的声音充耳不闻，只顾埋头吃干草。他饿坏了。野外是一望无际的大雪原，食物只有驯鹿苔。所以，虽然他吃的是干草，不过草的味道还是美味异常，好吃到心窝里了。

吃完后，疲劳一下子涌出来了。被塞进袋子里之后，卡帕拼命挣扎想要逃走，把身体里的能量都消耗了。他一下歪在干草上，不知不觉进入了梦乡。

虽然现在已经是早上九点了，四周仍然有些昏暗。

卡帕仿佛在梦境和现实中间穿行，迷迷糊糊地睡着了。

他突然觉得脸上暖暖的。

他的眼睛睁开一条缝，模模糊糊地看到眼前开着一朵白花。对面，两只黑眼睛正在看着他。

卡帕吓了一跳，猛地站起来，向后退了好几步。

一只长着白色鼻头的可爱米艾希一脸惊讶地站在那里。鼻子尖上的白毛被卡帕看成了白花。

卡帕甩了甩脑袋，跳了一下——别吓我啊！你是谁？

白鼻头的雌性米艾希稍稍歪着脑袋，瞪着清澈的黑眼睛，一直盯着卡帕看。

真是个善良的女孩子，卡帕心想。在自己孤零零一个倍感寂寞的时候，身边能有个伴儿，卡帕觉得心里踏实了许多。

夜晚渐渐变白了。地平线下方斜射出来的阳光，把东方天空中浅黑色的云彩染成了一道道粉色的横条纹。

"早上好！卡帕！咦？提提奥塔也在啊！这是你们最爱吃的驯鹿苔，快吃吧！皮埃拉可是费了好大劲才把它们从雪地里挖出来的。"

汉娜和十岁的弟弟皮埃拉抱着装有驯鹿苔的篮子出现了。

一大堆驯鹿苔倒在面前，卡帕埋头吃起来。

大吃一顿后，卡帕觉得心里怪怪的。以前他和母亲兰在寒冷严峻的雪原上生活时，为了能吃到驯鹿苔，需要花费大量精力挖雪洞。

兰和卡帕把头伸进挖好的雪洞里，狼吞虎咽地吃着。可是，驯鹿苔转眼就吃没了，于是他们不得不把洞挖得更大一些。可现在，那些吃苦的日子就像做梦一般。

他看向一旁，只见那只白鼻头的雌性米艾希吃得正香。

卡帕不禁也变得愉快起来，一蹦一跳地在雪原上跑起来。

家养驯鹿一般只选那些能生小鹿的健康雌鹿，不过这次是特意加上了这两只米艾希。

卡帕长大后将作为重要的种鹿发挥作用，那只叫提提奥塔的白鼻头小鹿是被当作宠物喂养的。

提提奥塔在萨米语中的意思是，鼻头上有星星印记。这只米艾希身上是褐色的，不过，鼻子尖上却长着白色的斑纹。

鹿和牛等有蹄类动物的鼻头上是不长毛的。可是鹿科中只有驯鹿不得不在零下五十摄氏度的严寒冰雪世界生存，因此为了防御严寒，鼻头上也长了毛。

在萨米社会有一个古老的传说：鼻头上有星星印记的驯鹿得到了星星的护佑，能够给人类带来幸福。艾洛夫一家希望这只小鹿能给家族带来幸福，于是就把她变成了家养驯鹿。

夜晚早早降临了。刚过下午三点，黄昏就来临了，到了四点，周围已经变黑了。

这天晚上，夜空中闪耀着极光。在冰冷坚硬的蓝黑色天空中，熊熊燃烧的光之火焰从地平线升腾而起。

那些火焰剧烈摇晃着，仿佛有大风吹过一般，每时每刻都在变换形状，形成了光的龙卷风，直冲高空。光的中心和尖端被染成了紫红色，就像红色的烈焰在燃烧。

突然，扭曲的火焰一下变成了冰冷凝练的蓝色，仿佛氢在燃烧。

"啊，夜晚之神在烧火呢！真美啊！"

汉娜和皮埃拉立在家门外感慨。

光之火焰又剧烈晃动了一下，红色和蓝色的光混合在一起，四周突然明亮起来。

汉娜和皮埃拉的家像黑色剪影一般矗立在蓝黑色的天空下。

"啊，姐姐，快看提提奥塔！"皮埃拉大叫起来。

提提奥塔的鼻头闪耀着银色的光芒，散发着神圣的光辉。

"看来真有星星在她身体里呢。好开心！一定会有好事发生的。"汉娜高兴地说道。

点缀了冰冷夜空的光之舞蹈持续了一个小时。新月挂在东方的天空上，无数颗星星在藏青色的夜空中勾勒出星座的形状。能够带来幸福的猎户座最是耀眼。

卡帕和提提奥塔紧紧偎依着，睡得正香。现在的卡帕很幸福。虽然有时候和兰分离的寂寞心情会涌上心头，不过立刻又会淹没在幸福的波涛里。今天晚上的极光给卡帕留下了极深的印象，牢牢地刻在了他心里，永生难忘。

云杉

坏心眼哈尔曼

三天后,艾洛夫带着赫尔基率领的十七只雌性家养驯鹿回家了。一共是七只成年雌鹿和十只两岁半的雌鹿。成年雌鹿是去年被当作家养驯鹿喂养过、并且今年春天产下小母鹿的。艾洛夫一家期待着明年她们也会产下雌性米艾希。那些两岁半的雌鹿们都是被推测怀上了小母鹿的年轻雌鹿。

饲养家养驯鹿的围场大约有一百公顷,其中还有白桦树和云杉林,驯鹿们可以自由自在毫无拘束地在里面生活。

　　七只成年雌性去年也是在这里过冬的，因此十分淡定。优劣顺序也已经定下来了，六岁的哈尔曼（意思是灰色的毛发）最强大。哈尔曼在两岁半时成了家养驯鹿，连续三年产下小母鹿，是名副其实的优良雌性，因此今年也被带到了这里。无论是对艾洛夫一家，还是对围场中的情况，她都十分了解，一举一动都透着女王风范。

　　几天后的某一天，汉娜抱着装驯鹿苔的筐子出现了。收集驯鹿苔是一件辛苦的工作，所以驯鹿们并不常吃到驯鹿苔。这是哈尔曼来这里后第一次吃到驯鹿苔。

　　卡帕和提提奥塔记得汉娜怀里的筐子，汉娜刚一出现，他们就知道这下能吃到好吃的了，于是就朝觅食点跑去。

　　两只米艾希高高兴兴地吃起了倒在地上的驯鹿苔。

　　正当他们心安理得地享用这顿美味大餐时，卡帕一直低着的头突然被抬起来了。他的身体在刹那间受到了很大的冲击，顺势被弹出了两三米远。

　　卡帕只顾着吃了，完全不明白发生了什么事。

　　他的后背狠狠地撞在了石头上，他强忍着疼痛在地上躺了一会儿，抬起头来，看见哈尔曼正用冷酷的目光看着自己。

　　哈尔曼昂起长着雄伟鹿角的头，一副颐指气使的神情，仿佛在说："臭小子，明白了吗？"然后就若无其事地吃起驯鹿苔来。

卡帕被哈尔曼撞飞了。因为他无视地位最尊贵的哈尔曼的存在，抢在她之前吃起了驯鹿苔，所以惹怒了她。可是，提提奥塔为什么能在哈尔曼旁边安安稳稳地吃驯鹿苔呢？

哈尔曼攻击卡帕，除了要惩戒他抢吃的无礼行为，还有一个原因，那就是因为他是这里十九只驯鹿中唯一的雄性。区区一个雄性米艾希竟然如此傲慢——正是这一点触怒了哈尔曼。

卡帕强忍着疼痛，闭上了眼睛。

他突然感觉脸颊上暖暖的，于是睁开眼，看见了一只成年雌性温柔的脸庞。巴尔克（发白的鹿）在七只雌鹿中排在最末一位，是只老实善良的驯鹿。

巴尔克舔着卡帕的脖子，舔啊舔，一直舔到后背。卡帕觉得舒服又安心，就像是妈妈在给自己舔毛。

那天晚上，卡帕和巴尔克相依而眠。提提奥塔不知道跑到哪里去了，或许和哈尔曼睡在一起了吧。

卡帕紧紧偎依着巴尔克，好温暖。他甚至有一种幻觉，感觉自己仿佛跟兰在一起。

食物很充足。要是在以前，驯鹿们必须花费一整天去找驯鹿苔，可是在这里，他们过的是天堂般的日子。

卡帕只有一个烦恼，那就是哈尔曼的刁难。不过，哈尔曼十分中意提提奥塔，其他雌鹿只要稍稍欺负她一下，哈尔曼必定会去教训她们。

哈尔曼心情好的时候，会像对待提提奥塔那样对待卡帕，可是一旦心情变糟，就会欺负卡帕。

每当这时候，提提奥塔总会无比同情地看着卡帕，一旦有机会她还会帮助卡帕。

曾经发生过这样一件事。

暴风雪连刮了好几天，驯鹿们已经一周都没有吃到驯鹿苔了。虽然干草怎么吃也吃不完，但是在野外，主要的食物还是驯鹿苔，一个星期都吃不上的话，驯鹿们会特别想吃。

极夜也结束了，白昼一点点变长了。太阳总是从地平线上稍稍露个脸，然后再急匆匆地沉下去。有时候又会呈现给人们这样一个世界：清澈的蓝天和雪白的草原在柔和的光线中闪闪发光。

某一天早上，传来了皮埃拉的声音和敲击木头的声音。如果是干草，就是敲铁板的声音。像这种柔和的敲击木头的声音，就意味着：今天吃驯鹿苔！这可是个令驯鹿高兴的暗号。

哈尔曼听到这个声音后，满心欢喜地跑了过去。她脖子上的铃铛叮叮当当响个不停，奔跑的时候可谓全速前进。

在觅食点，三只年轻雌鹿和两只成年雌鹿正在吃驯鹿苔。

忍耐了一个星期，早已焦躁不已的哈尔曼看到那些抢在自己前面吃驯鹿苔的雌鹿，顿时火冒三丈。

刚一抵达觅食点，哈尔曼就把一只吃得正香的年轻雌鹿撞飞了，然后又陆续把剩下的雌鹿赶跑了，独自霸占了驯鹿苔。

唯有提提奥塔例外，只有她没有遭到驱赶，在哈尔曼身旁大口大口吃着驯鹿苔。

卡帕见状，心想，看来小鹿没问题，于是就跑过去吃。结果刚吃一口，就被哈尔曼撞开了。

他踉跄了一下差点跌倒，看着哈尔曼，心想，绝不能输给她！

哈尔曼用凶狠的目光瞪了瞪卡帕，然后就若无其事地吃了起来。

卡帕虽然心里觉得哈尔曼很可恶，可是提提奥塔更加令他愤怒。提提奥塔一边大口嚼着驯鹿苔一边抬起嘴巴，瞥了卡帕一眼，脸上露出得意的神情，像是嘲讽卡帕似的朝哈尔曼凑了凑。

卡帕从没想过获取提提奥塔的同情，可是她那种炫耀自己被哈尔曼宠爱的特殊地位的态度，让卡帕怒火中烧。

卡帕摆出一副理所当然的态度，大摇大摆地向觅食点走去，站在白鼻子米艾希身旁，吃起了驯鹿苔。

卡帕偷偷斜瞄了一眼，正遇上三米之外的哈尔曼的凶狠目光。

"呜——"哈尔曼发出一声低吼——滚开！否则就把你撞飞！

卡帕完全不理会那个声音，大口吃着驯鹿苔。

哈尔曼的身体动了动。

危险！卡帕迅速转身，朝后退去。

卡帕钻进了在一旁等待哈尔曼用餐的雌鹿群中。一旦哈尔曼吃起来，卡帕又像影子似的偷偷溜到提提奥塔的身边。就算哈尔曼生气想要赶走卡帕，中间夹着提提奥塔，她必须绕到后面才能攻击卡帕。卡帕就会利用这仅有的时机迅速逃跑，哈尔曼渐渐变得心烦意乱起来。

这样重复了好几回。像绿蝇一样赶跑了又回来的卡帕终于把哈尔曼彻底激怒了。当卡帕再次钻进雌鹿中间时，哈尔曼穷追不舍，发动了进攻。

卡帕以为自己巧妙地躲在雌鹿身后就不会有问题，可是这回他大错特错了。哈尔曼把雌鹿们撞到一边，和卡帕正面对峙起来。

卡帕以最快的速度开始逃跑。一旦被抓住，他的下场一定很惨。

拼命逃窜的卡帕身后扬起一团雪烟，哈尔曼摇动着巨大的鹿角紧紧跟在后面。

虽然卡帕用尽全力逃跑，可毕竟米艾希的力量有限，最后还是被哈尔曼追上了。

眨眼间，卡帕就被鹿角挑了起来，扔到了空中。

幸亏他落在了像地毯般柔软的雪地上，没有摔伤。可是哈尔曼立刻冲了过来，用巨大的鹿角使劲推着倒在雪地上的卡帕。

卡帕整个身体都被推进了雪里，几乎被埋起来了。雪钻进了他的鼻子，他感觉要窒息了，不由得发出呜呜的呻吟声。

突然间，鹿角的力道变弱了，哈尔曼走开了。

卡帕挣扎着从雪堆里站起来，身体的各个关节都疼得厉害，侧腹部和脖子上还受伤了。

卡帕看见哈尔曼站在离自己十米以外的地方。他心中一惊，刚想逃走，突然看见了一幅令人难以置信的光景，不由得停下脚步看呆了。

在哈尔曼的肚子下面，隐约可以看到提提奥塔的身影。天哪！她竟然咬住了哈尔曼的乳房！

哈尔曼目光温柔，歪着头看着提提奥塔。刚才恶鬼般的疯狂模样不见了踪影，卡帕看见的，只是一位善良温柔的母亲的身影。

事情是这样的。

提提奥塔看见卡帕被哈尔曼追赶，很想帮他，可是她什么也做不了。于是，只能暂时按捺住焦急的心情，跟在哈尔曼身后追了出去。

当她看见哈尔曼把卡帕撞倒在雪地上，然后用鹿角攻击卡帕时，她感觉自己的心一下子揪了起来。

当哈尔曼拧着身子露出长满白毛的肚子时,胀鼓鼓的乳房露了出来。乳房看上去饱含乳汁。

提提奥塔下意识地朝哈尔曼跑过去,一口咬住了她的乳房,肿胀的乳房里流出了甘甜的乳汁。提提奥塔很久没喝奶了,不由得陶醉在乳汁的味道里,简直就像在吮吸自己妈妈的乳汁一样,撒娇似的把脑袋在哈尔曼的肚子上蹭来蹭去。

哈尔曼被这个意外的事件吓了一跳,差点儿要躲开。

不过,她立刻就意识到吃奶的是她十分疼爱的提提奥塔。喂奶时那种愉快的痒痒的感觉就像融化了坚冰一样消融了她的怒火,唤醒了她那颗善良的母亲的心。

冬天圈鹿的时候,哈尔曼被选为家养驯鹿,被迫和自己的女儿分开了。

这个时候是米艾希们断奶的时候,大部分小鹿都不喝奶了。不过,断奶的情况也依个体而不同,有一些依赖性很强的米艾希有时候还是会去咬妈妈的乳房。有的母亲奶水已经停了,有的母亲只能出一点儿奶水,不过爱撒娇的小鹿只要含住妈妈的乳房就满足了。

哈尔曼的小女儿就是一个很爱撒娇的孩子。哈尔曼的地位最高,可以不受任何干涉地宠爱孩子,把她养大。

在冬天选鹿的时候,哈尔曼被选为家养驯鹿带到了艾洛夫家,女儿却被留在了希塔中。没了爱撒娇的宝宝,哈尔曼十分寂寞。所幸家养驯鹿中有两只米艾希。

坏心眼哈尔曼

她不喜欢那只小公鹿，不过另一只长着白色鼻头的米艾希是一只小母鹿，哈尔曼便十分宠爱她。

提提奥塔是个乖孩子，不爱撒娇。而哈尔曼也不是她的亲生母亲，所以自然而然地，她不会想去咬哈尔曼的乳房。于是，哈尔曼的乳房肿胀起来，她变得焦躁不安。

提提奥塔跑去吮吸欺负卡帕的哈尔曼的乳房，是许多偶然因素叠加在一起导致的。

正当提提奥塔不知所措陷入混乱时，眼前出现了哈尔曼胀鼓鼓的乳房。母亲的乳房对米艾希来说有镇静剂的作用。为了安抚自己困惑到极点的内心，她不知不觉就被哈尔曼的乳房吸引了。

卡帕自然不会知道其中的缘由，不过他也模模糊糊地意识到，是提提奥塔救了自己，趁机赶快逃走了。

冠小嘴乌鸦

围场中的生活

进入五月，驯鹿们迎来了分娩期。自由放牧的驯鹿陆陆续续产下了鹿崽。家养驯鹿的雌性集团中也诞生了可爱的米艾希。米艾希一共有十二只，其中四只是小公鹿。出生的雄性鹿崽和雌性鹿崽的比例基本一样，而家养驯鹿中出生的雌性米艾希大约占到了百分之七十，这是个很不错的成绩。萨米人一直在争相提高这个数字，不过再怎么努力也很难超过百分之八十。

遗憾的是，哈尔曼生下了一只小公鹿。她曾经连续三年生下小母鹿，可谓是集所有人的期待于一身的优良雌鹿，看来事情不会那么随人心意。明年还能不能被选为家养驯鹿也是个问题了。

积雪融化了，树木和青草变绿了。已经没有必要喂食了，家养驯鹿们都被放到野外，自由自在地驰骋。

不过，该拿卡帕和提提奥塔怎么办呢？艾洛夫家展开了热烈的讨论。就算是放牧在野外，驯鹿们的耳朵上有清晰的印记，也能清楚地分辨出属于艾洛夫一家所有，估计应该不会有人来偷。不过，也可能有人偷走米艾希后立刻将它们杀掉，使用它们的毛皮。再就是，狼和棕熊会来袭击它们。

这两种危险都是无法预防的。围场里有很多自然界的食物，如果只是两只小驯鹿的话，基本上是不用另外喂食的。于是，艾洛夫一家决定，围场里只饲养卡帕和提提奥塔。

"皮埃拉！皮埃拉！"汉娜大喊道。

或许是被汉娜的叫声惊着了，十几只田鹬飞了起来，发出叽叽喳喳的轻快叫声，向西方的天空飞去。

西方的天空一片血红。那群田鹬仿佛被吸入了那片血红色，渐渐消失了。

"都已经八点了，怎么回事啊，得快点把卡帕它们关进小屋啊。"

汉娜嘟嘟囔囔地发着牢骚，不停地大叫着皮埃拉的名字。

晚上八点在六月的极昼时节仍然很明亮。太阳即便在夜里也不会降落至地平线以下，而是散发出柔和的光。一直到早晨，都将持续这种类似黄昏的状态。

"皮——埃——拉——！"

汉娜的尖叫声响彻天空，远处终于传来皮埃拉的回复。

汉娜听到了冠小嘴乌鸦嘶哑的叫声。

"啊！讨厌讨厌！"汉娜用手捂住耳朵。

冠小嘴乌鸦是一种夏季候鸟，头、颈、翅膀和尾巴是黑色的，后背和腹部是白色的。黑白双色和嘶哑的叫声给人一种女巫的气场，因此人们都相信这种鸟会使用魔法。

皮埃拉精神抖擞地回来了。

"你去哪儿了？干什么去了？"面对汉娜连珠炮般的提问，皮埃拉笑眯眯地回答道：

"钓鱼去了，钓到了一条大鲈鱼！今天晚上就吃盐烤鲈鱼啦！"

"得赶快把卡帕和提提奥塔赶进小屋里。"

"不用你说我也会做的。至少得让我喝一杯咖啡嘛！渴死我了。"

围场里现在只有卡帕和提提奥塔两只驯鹿，小偷随时都可能来偷盗，所以到了晚上必须把它们关进小屋里。哥哥们忙着管理那些放牧的驯鹿。因此关小鹿的工作就成了少年皮埃拉的职责。

"不行，皮埃拉！不快些的话就被乌尔塔抢走了！刚才冠小嘴乌鸦发出了刺耳的叫声，一定是在给乌尔塔报信儿呢。"

汉娜一脸认真地对皮埃拉说道。

冠小嘴乌鸦嘶哑的叫声再次传来。那不祥的叫声振动着介于白昼和黑夜之间的极昼的浑浊空气，让皮埃拉毛骨悚然。

"乌尔塔？"皮埃拉小声嘟囔着，"咻"地吹了一声尖厉的口哨，大声呼喊着卡帕和提提奥塔的名字，朝对面的云杉林跑去。

乌尔塔是萨米人传说的妖精。它们住在地下，到了夜里会跑到地上来。它们养了很多驯鹿。神灵创造人类的时候，也一并创造了乌尔塔。乌尔塔很会唱萨米民谣"尤伊克"。只要听了它们的歌声，任何人都会陶醉其中。据说萨米人的尤伊克歌曲就是乌尔塔教的。可是，谁都没见过乌尔塔。

乌尔塔喜欢美丽的和特别的驯鹿，一直在收集各种毛色的驯鹿。据说它们喜欢毛色有些发黄的驯鹿，长着斑点图案的驯鹿，尤其喜欢浑身雪白的驯鹿和鼻尖上长着白毛的驯鹿。所以卡帕和提提奥塔说不定什么时候就会被乌尔塔盯上了。

"咻——咻——"口哨声是召集卡帕和提提奥塔的暗号。要是在平常，一听到这个声音卡帕和提提奥塔就会跑过来，可是今天不知为何它们总也不现身。

乌尔塔！这个不祥的名词突然在心中投下了一片阴影，皮埃拉打了个哆嗦，四下看了看。

拉屋（萨米人居住的帐篷）的中心旗杆的顶端停着一只冠小嘴乌鸦。

突然间，那只乌鸦仿佛受惊了，扯着嗓子嘎地叫了一声，便飞走了。

卡帕它们是被乌尔塔带走了吗？奇怪，怎么会不出来呢？皮埃拉由于疑惑和不安，心怦怦跳个不停。

皮埃拉扭头往回走了几步，又突然站住了。不行，胆小鬼！他才不怕乌尔塔呢！因为他没做任何坏事。

皮埃拉停下脚步，仔细聆听起来。他想确认一下能不能听到歌唱"尤伊克"歌曲的声音。据说乌尔塔唱出的圆润优美的"尤伊克"歌曲十分迷人，只要听过一次就再也忘不了。听到的人会被歌声吸引，不知不觉会朝歌声传来的方向走去，冬天甚至有人因此而冻死。

极昼的夜晚万籁俱静，听不到一丝声响。皮埃拉确认了附近没有乌尔塔，便吹着口哨朝森林走去。

云杉林中，卡帕和提提奥塔正在吃驯鹿苔。到了夏天，每天都能吃到许多青草和嫩树叶，驯鹿苔只是偶尔

围场中的生活　81

才能吃到，因此卡帕和提提奥塔特别想吃驯鹿苔。在松树下生长着少量驯鹿苔，他们仔细地找出来，一点一点吃得精光。

皮埃拉捡了根木棍，一边挥舞着一边说：

"快点回家吧！你们在磨蹭什么呢？不赶快回家的话，会被乌尔塔带走的。"

皮埃拉刚说完乌尔塔这个词，立刻吓了一跳，用紧张不安的眼神环顾四周，握紧了腰上的匕首。

卡帕和提提奥塔顺应着皮埃拉的呼唤声，迈着轻快的步伐朝小屋跑去。皮埃拉松了口气，也跟在两只驯鹿身后返回了小屋。

驯鹿小屋位于拉屋附近。把卡帕和提提奥塔赶进小屋后，皮埃拉嘟囔道："听到口哨后就得跑过来啊！下次要是还敢这样，我就给你们三鞭子作为惩罚！"然后他锁好了小屋的门。

空气中飘来了阵阵烤鱼的香味。皮埃拉的肚子叫了一声。他迫不及待地跑向拉屋。

在拉屋里，母亲乌莉亚娜和汉娜正在等他。为了把驯鹿希塔赶到夏季牧场，艾洛夫家一众男士都出门了，只留下这三个人。

拉屋的正中央是用石头垒起来的地炉。地炉里，白桦木点燃的篝火烧得正旺，放有驯鹿肉和土豆的锅子在火上咕嘟咕嘟煮着。铁丝网上的鱼被火烤得香气四溢，正是皮埃拉刚才钓上来的鲈鱼。

"真香！虽然鱼不够肥，不过新鲜的鱼就是好吃啊！在刚烤好的鱼上撒点儿盐最好吃了，千万别弄那些奇怪的做法。"

皮埃拉张着大嘴，双手抓着鲈鱼吃得正香。

"奇怪的做法？说什么呢！"汉娜责备道，瞪了皮埃拉一眼。

"之前的法式干煎鳟鱼，那么臭，都咽不下去。难道你忘了？"

"那是因为鱼坏了，不是做法的问题！如果不那么做，根本就没法吃。你要是再对我做的饭挑三拣四，以后我就什么都不做了。"

汉娜气呼呼地说完这番话，又说道："别光顾着自己吃啊！分给我一些！"她用叉子使劲去叉铁丝网上的鱼。

"姐姐，这边的鱼肉烤得更好一些！"

皮埃拉抓起一块烤成焦黄色的鱼肉，撒了些盐，递给了汉娜。他觉得自己刚才说得有些过分了，伤了汉娜的心，而且也担心万一汉娜真生气了不做饭了，所以想要讨好汉娜。

"对了，妈妈也有份儿。"

皮埃拉嘟囔着，把最大的一份儿鱼肉盛到盘子里递给了乌莉亚娜。

"谢谢你!皮埃拉。卡帕它们屋子的门锁好了吧?"
"当然!小偷来了也不怕,有我在呢!"
皮埃拉说完这番逞强的话,拍了拍腰间的匕首。

逃跑!

一年过去了。

春分过后,在这片极北地区,春天也将悄悄降临。

太阳仿佛从没有白昼的神奇的蓝色极夜中获得了重生,从地平线上升起,将新鲜的光芒洒满整个天空。

天空变得越来越蓝,放射出耀眼的光芒,白茫茫的大地上,积雪和枯木的影子逐渐由淡墨色变成了黑色的阴影。

卡帕和提提奥塔在向阳处的洼地里互相依偎着休

息。气温是零下三摄氏度，不过没有风的日子里，阳光晒在身上暖洋洋的。

"咻——咻——"皮埃拉的口哨声穿透清澈的空气，听起来有些刺耳。

提提奥塔抬起头，竖起了耳朵。

该吃饭了。皮埃拉的声音，扔干草的声音，还有驯鹿们踩着雪飞奔的声音混杂在一起传来。

可是，卡帕一点儿动弹的意思都没有，眯着困倦的眼睛，仿佛在享受温暖的晒太阳的时间。

牧场里是去年秋天刚刚被选为家养驯鹿的十一只成年雌鹿和十三只两岁半的年轻雌鹿。她们都是被推断为身怀有孕的健康雌鹿。

去年生下小公鹿的坏心眼儿哈尔曼，这次没能入选家养驯鹿。哈尔曼曾是连续三年生下雌性米艾希的优良雌鹿，关于这回究竟选不选她，艾洛夫一家争论了好久，最后还是决定不选了。

这个决定对卡帕来说是件幸运的事。新的家养驯鹿走进牧场的时候，卡帕看见没有哈尔曼，松了口气。

不过，事情终归不能尽如人意。新的家养驯鹿里还是有爱刁难小鹿的雌鹿。这次不是成年雌鹿了，是年轻雌鹿，是一只名叫菲斯卡特（黄色）的大个头雌鹿，起这个名字是因为她后背的毛是黄色的。

菲斯卡特先是欺负提提奥塔，今年一月卡帕的鹿角脱落后,她又突然把虐待的矛头指向了卡帕。

卡帕是雄鹿,比雌鹿提提奥塔重,而且体格也更加健壮。菲斯卡特或许是觉得和卡帕打架肯定会输,于是没有欺负过卡帕,不过卡帕的武器——鹿角掉落后,菲斯卡特突然转变了态度,开始发挥她邪恶姐姐欺负小鹿的专长了。

由于菲斯卡特实在欺人太甚,卡帕忍无可忍,曾经和她大打出手。然而,没有鹿角真是悲哀,卡帕被菲斯卡特的鹿角顶得节节败退,跌倒在雪地上打了好几个滚儿,受了重伤。自那以后,卡帕尽量避免和菲斯卡特见面。

听到皮埃拉的口哨声后没有立刻做出反应也是为了躲开菲斯卡特。如果现在跑到觅食点去吃干草,一定会被聚集在干草周围的雌鹿们当成讨厌鬼而排斥。到时候菲斯卡特肯定又会欺负他。还不如等大家都吃完了,觅食点空出来以后再过去找些剩下的干草吃,没必要现在就慌里慌张地跑过去。

沐浴着早春温暖的阳光,卡帕感到渐渐变暖的身体正在积蓄一股强大的能量。

"呼昂——呼昂——"空中传来像小号般圆润欢快的叫声。卡帕抬头望去,看见三四十只白色的大天鹅成群结队地飞过蔚蓝的天空。

冬天的时候飞到南方过冬的大天鹅,现在化作春天的使者又飞回了北国。

看着在辽阔天空中自由翱翔的白色大鸟,卡帕觉得体内有一股从未体验过的强大力量在涌动。

这股力量一下冲了上来,化作一个声音在他的脑海里低语:

"去吧!去北国!你也去吧!"

卡帕觉得心里暖暖的。这股暖流在体内扩散,与此同时,他的脑海中又浮现出兰的幻影。

进入三月后,卡帕的心一直像是被什么东西勒得紧紧的,十分憋屈。大天鹅在天空自由飞翔的身影成了一个诱因,引发了卡帕向往自由的心情。

"对啊!从这里出去!"卡帕心中萌生了一个坚定的主意。他终于明白了,之所以会有被束缚的郁闷感觉,就是因为自己一直在这狭小的牧场里过着受欺负的生活啊!

卡帕猛地跳了起来,四处奔跑着观察了一下情况。

提提奥塔被他吓了一跳,一脸狐疑地看着卡帕,不知道发生了什么事。

今天的卡帕,和以往的卡帕似乎不太一样。提提奥塔看到了一个心中充满了梦想和热情的少年驯鹿的英姿。

卡帕隐约想起了自己跟着兰在自由天地生活的时候。那仿佛是很久很久以前的事情了,卡帕只有模糊的记忆,不过和母亲在一起生活的幸福感觉如同向阳处的温暖阳光一般,在心中弥漫。

话虽如此，从这里出去可不是一件简单的事。围栏很高，就连成年雌鹿也很难跨越围栏。

卡帕已经有了目标。

某一次他被菲斯卡特欺负，四处逃窜，最后无处可逃，猛地撞在了围栏上。撞击的力量让围栏下方的横木松动了。如果他没记错的话，上方的横木也有三四根松动了。如果把那些横木弄下来，应该能够逃出去。

既然下定决心出逃，就要尽快行动了。卡帕朝提提奥塔扬了扬下巴，仿佛在说："跟我来！"然后就朝目标围栏跑去。

提提奥塔并不理解卡帕的行为，不过她觉察到了某种非比寻常的迹象，不由自主地跟了上去。

和卡帕预想的一样，被他撞过的横木已经松动了。卡帕用脚碰了碰，横木一下就掉下来了。

上面的横木也松动了。不过，只是踢几脚似乎不能把它弄下来。卡帕想起当时自己撞上围栏时把横木的钉子撞松了，于是用尽全身力气撞向围栏，使劲向前推。

提提奥塔不明白卡帕为什么要做这些，不过她不知不觉地也学着卡帕的样子，撞向横木，用力向前推起来。

卡帕看见横木松动了，就朝横木踢了一脚，横木一下子滚落到雪地上。

只要再弄掉一根横木，就能钻出去了。幸运的是，上面那根木头是用绳子绑住的。

卡帕开始用牙咬那根绳子。驯鹿只有下颚才长门牙，所以只能用下门牙去啃。所幸绳子已经很旧了，很容易就咬断了。

卡帕很顺利地从横木掉落后形成的空隙中钻了出去。

这时，尖厉的口哨声响了起来。皮埃拉发现驯鹿们没来觅食点，于是就吹口哨呼唤他们。

提提奥塔紧跟着卡帕想要钻出去，可是头上的鹿角被上方的横木挡住了。卡帕的鹿角已经脱落了，所以很轻松就穿过了那个洞，可是长着鹿角的提提奥塔就做不到了。

口哨声过后，传来了皮埃拉的呼唤声："卡帕！提提奥塔！"

"再不快点的话，皮埃拉就追过来了。"

卡帕急得直跺脚。

这种时候，要是黑猩猩的话就会用手帮提提奥塔钻出来了。可是，驯鹿还没有那么聪明，"合作"需要具备相当高级的大脑功能。

卡帕开始犹豫要不要独自逃跑。如果这个时候皮埃拉出现了，卡帕一定会毫不犹豫地撒腿就跑。

也许是心理作用，口哨声和呼唤声似乎越来越近了。是皮埃拉来找他们了吗？

是逃跑？还是再等一会儿？就在卡帕焦虑不安的时候，提提奥塔卡在木头上的鹿角终于松开了，她的下巴探了出来。

口哨声又近了一些。

提提奥塔好不容易钻了出来,卡帕带着她一溜烟儿地逃走了。

"不好了!卡帕不见了!"皮埃拉大喊着跑进家里。

"怎么回事?你说的是真的?"乌莉亚娜和汉娜脸色都变了。

"北边围栏的横木掉下来了,就是从那里逃走的。雪地上清楚地留下了两只鹿的脚印,千真万确。"

"那个洞,堵上了吗?"

乌莉亚娜立刻问道。如果没有立刻把洞堵上,其他的雌鹿也会从那里逃走。

"嗯,先用绳子把横木绑上了,算是应急措施吧。暂时应该不会有事。我出去找鹿。要是爷爷他们回来了,让他们立刻过来。"

艾洛夫和列夫昨天去村子里买东西了,尼昂基拉和伊列皮去巡视驯鹿了。皮埃拉觉得很内疚。如果是跑了几只雌性家养驯鹿,倒是还能容忍,可是逃跑的偏偏是卡帕和提提奥塔,是家里最重要的宝贝,他一定会被爷爷骂死的。

皮埃拉腰间挂着匕首,肩上扛着套索,急匆匆地踩着滑雪板出发了。

追踪逃跑的驯鹿并不是什么难事。雪地上清晰地印着两只驯鹿的足迹，只要顺着脚印找就可以了。

太阳躲在了雪花后面。阴沉沉的天空下，皮埃拉全速滑雪前进，冰冷的风打在脸上，感觉皮肤和肌肉都快被寒风刮走了。虽然说外面的气温是零下五摄氏度，可是滑雪飞奔的体感温度应该有零下十五摄氏度左右。

大雪覆盖了大地、森林、草原，地上的一切都被白雪盖住了。皮埃拉一路追来，发现卡帕和提提奥塔根本没休息，一直在逃跑。它们都吃了什么东西？皮埃拉很是担心。

皮埃拉停了下来，"咻——"地吹了声口哨，呼唤道：

"回来吧！给你们干草吃，还有你们最爱吃的驯鹿苔！"

一想到这两只饿着肚子逃跑的驯鹿，皮埃拉就心疼不已。

貂

极光爆发

卡帕看见提提奥塔费尽力气从洞里成功钻出来,立刻迫不及待地朝北方全速奔跑起来。

提提奥塔也不甘示弱地追了上去。两只驯鹿飞奔在坚硬的雪地上,发出令人愉悦的有节奏的踩踏声。

大概跑了三个小时吧!他们跑累了,放慢了脚步,开始调整自己急促的呼吸。

远处传来口哨声和呼喊他们名字的声音。风把那声音吹得断断续续,不过那的确是皮埃拉的口哨声。卡帕心中一惊，又加快了脚步。

口哨声已经消失很久了。卡帕开始缓步前行。他觉得已经来到了很远的地方。这里究竟是什么地方？他的心中掠过一丝不安。

他看了看提提奥塔。她看起来很疲惫，呼吸急促，脚步也不稳。

肚子咕地叫了一声。他们从早上就一直在不停地奔跑，什么也没吃，当然会饿了。可是，路上根本找不到食物。在这片白雪皑皑的世界里，上哪里去觅食呢？

卡帕停下脚步，一筹莫展。虽然成功地逃了出来，可是他完全没有考虑食物的问题。要是待在牧场里，冬天也不用去觅食，能够吃到美味的干草，有时候还能吃到驯鹿苔。卡帕抛弃这一切逃了出来，不过如今后悔也没用。实际上，不可思议的是，他丝毫没有觉得后悔。

他回头一看，只见提提奥塔正在用她那双圆溜溜的大眼睛盯着自己看。还是那双无所畏惧的明亮的大眼睛，在任何情况下都不抱怨，从不自怨自艾，总是保持开朗乐观，是这个少女驯鹿的天性。她和卡帕一样，肚子早就饿扁了，不过她有一种忍耐力，不会表现出饥饿的样子。

卡帕恢复了点精神，环顾四周，琢磨着接下来往哪里走。之前的薄雾散去了，视线变好了。东北方向有一片云杉林的影子。"到那里去的话，说不定能找到驯鹿苔。"这么一想，卡帕顿时振作起来了，朝云杉林跑去。

"咦？那是什么？"

卡帕看见云杉林中突然闪过一个影子，不禁停住了脚步。森林里有狼和熊，不能大意。

提提奥塔忽然超过了卡帕，朝森林跑去。

卡帕立刻跟了上去。她一定是想弄清楚树木间闪过的那个影子究竟是什么东西，才做出了这个举动。

随着他们离森林越来越近，终于看清了那个影子的真面目——是驯鹿。

知道不是危险动物后，卡帕松了口气。可是与此同时，他又有些担心。"他们不会欺负我吧？他们会接纳我吗？"

森林里的驯鹿有个小群落，包括三只成年雌鹿、两只米艾希，还有两只两岁的少女驯鹿，一共有七只。

大家都在忙着挖雪洞，找驯鹿苔吃。

黑褐色的健壮雌鹿挖出了一个雪洞，米艾希把头扎进洞里大吃起来。卡帕一下子想起了以前和妈妈兰在一起的日子，感觉那仿佛是好多年以前的事了。

黑褐色雌鹿似乎是这个鹿群的首领。她只是瞄了卡帕一眼，便若无其事地把头伸进了雪洞。

天真无邪的提提奥塔跑到其他驯鹿母子进食的雪洞

旁边，一下把脑袋伸进了雪洞里。她实在是太饿了。

刚吃了一口驯鹿苔，她就被雌鹿用角推到了一旁。提提奥塔打了个趔趄，差点摔倒在雪地上，好不容易才站稳了。

如果是自己的孩子也罢了，不知从哪里冒出来的野丫头连声招呼也不打，就把脑袋伸进自己辛辛苦苦挖好的雪洞里，实在令母鹿难以容忍！给她点教训也是应该的！

那只米艾希开心地和妈妈一起大吃雪洞里的驯鹿苔，提提奥塔只能在一旁心有不甘地看着他们大快朵颐。

两个小小的出逃者硬撑着快要饿晕的身体，开始用脚在雪地上刨坑。积雪表面虽然坚硬，里面却很松软，挖起来比想象中要顺利。云杉林的林床积雪并不很深，他们挖了三四十厘米，竟然幸运地发现了驯鹿苔。卡帕和提提奥塔一头扎进洞里，不顾一切地吃了起来。积雪混着泥土一并吞进嘴里，味道有些奇怪，不过现在管不了那么多了。毕竟他们从早晨就一路狂奔，肚子里早就空空如也了。现在最要紧的就是填饱肚子，否则什么也做不了。吃土也好，吃雪也罢，都无所谓，驯鹿苔的香气和独特的味道又唤醒了他们的生命力。

抵达这里时，太阳已经下山了，黄昏悄然降临。西边的天空被染成了一片血红色，几朵黑云像海岛一样飘浮在空中。天空一点一点黑下来，黑色的岛屿渐渐融入了天空，仿佛马上就要消失了。四周寒气袭来。

卡帕和提提奥塔互相依偎着卧在树下。虽说只吃了个半饱，不过总算是有了靠自己的力量活下去的信心，这是最宝贵的。

"噗噜噜噜、噗噜噜——"微弱的颤抖的声音传来。

"是皮埃拉的口哨声吗？"卡帕心中惊了一下，竖起了耳朵。

很快，又传来几声像是从喉咙深处发出的声音："库咻噗、哩噗！"

一开始的叫声是猛鸮的雄鸟守护自己势力范围的叫声，接下来的叫声是雌鸟应答的声音。这种鸟的外形与其说像猫头鹰，不如说更像雀鹰，尾巴很长，胸前和肚子上长着白底黑色横条纹的羽毛。有时白天活动，常常停在高大树木的顶端。雌鸟和雄鸟总是十分恩爱地在一起守护自己鸟巢四周的地盘。

卡帕知道那声音不是皮埃拉的口哨声，松了口气，默默闭上了眼睛。从一大早就开始上演的这场出逃大戏让他疲惫不堪。他体内的能量全都耗光了，此时的卡帕就像一辆用光了汽油的汽车，无论发生什么事都没有力气动弹了。

到了半夜，卡帕突然醒了。

"沙沙沙。"他听到了轻微的响声。

睡着的这段时间里，新鲜的能量就像泉水般涌出，他的身体再次充满了力量。这也重新启动了体内的防御机制，令他不放过有可能成为危险的任何微弱动静。

"那是什么？"好像有什么东西在雪地上走，不过听动静不像是大型动物。卡帕所有的听觉神经都紧张起来，全神贯注地盯着黑暗。

银白色的大地上，黑黢黢林立的云杉之间，嗖地闪过一个影子。紧接着，那个黑影噌噌噌地爬上松树，消失了。

那是貂。

卡帕放心了，刚想睡觉，四周突然染上了一层神奇的色彩。

抬头一看，只见天空布满了极光，红色的火焰在白色的幕布上燃烧。

极光的出现仿佛给天空蒙上了一层白色的薄膜。卡帕已经看见过好几次极光了，不过宛若红色火焰在燃烧似的极光十分罕见。卡帕不由得看呆了。

从地平线喷薄而出的极光剧烈晃动着冲向高空。极光中心附近的地方忽然晃了一下，这下仿佛打开了魔法的大门，红色、绿色、黄色和桃红色等色彩争相喷涌而出，就像是用来画彩虹的颜料一齐喷了出来，光束晕染散开，在白色幕布上肆无忌惮地作画——极

光爆发了。

那是寂静的光之彩虹在天空中的大喷发。光之彩虹每晃动一下，就会有新的光束从彩虹中迸发，形成一个疯狂的旋涡，在下一个瞬间旋涡又突然消解了，变成了翡翠绿色的缎带在天空中流淌。

转眼间，一出壮丽的光之露天大戏就铺满了整个天空，卡帕被眼前的奇景完全震慑住了，看得如痴如醉。

极光是太阳的高能带电粒子流"太阳风"和地球磁场相互作用而产生的。极光通常发生在距离地面一百公里至五百公里的上空中，这段空间会产生巨大的电流，相当于一座能产生几兆瓦电力的巨大发电站。只有在稍稍离开地磁N极和地磁S极的环绕地球的带状区域才能看见极光，在北半球是贯穿斯堪的纳维亚半岛北部和格陵兰岛南部，以及连接加拿大和阿拉斯加北部的地区。在磁极反而看不见，在日本也看不见。

能经常看见极光的城市是美国阿拉斯加州的费尔班克斯，素有"北极光之都"的美誉。一般来说，极光是天空中的一道朦胧的白色光辉，不过有时也会发生"极光大爆发"，在空中上演一幕华丽的光线全景立体画。地球磁力作用从宇宙中汇聚而来的能量在天空中集中释放，仿佛集聚了很久的岩浆突然间喷发出来一样。

绚丽多彩的极光在空中持续了十分钟才渐渐平息了，四周又恢复了宁静。卡帕的脑海中还残留着极光的影像。在如梦般的迷离幻影中，各种绚丽的色彩像疯了似的融合成一个旋涡。卡帕感觉自己仿佛跌进了那个旋涡，不知不觉陷入了沉睡。

远东山雀

走进钻石尘

皮埃拉垂头丧气地回了家。

"找到了吗?"

汉娜在大门口大声喊道。

"顺着脚印追了半天,天快黑了,我就回来了,没看见它们。"

皮埃拉自暴自弃地说着,脱下滑雪板,一脸失望地走进了家门。

"辛苦了。它们也是拼了命在逃吧,不会这么容易被抓住的。来,喝杯热咖啡吧!晚餐已经做好了。"

乌莉亚娜端出了用白桦木做成的杯子。

皮埃拉板着脸,往面包上涂了一大勺蓝莓酱,狼吞虎咽地吃起来。

三个人都沉默了。在僵硬的沉默中,他们都在各自回忆今天发生的事情。并不是要追究谁错了,或是谁搞砸了,不过毫无疑问的是,这的确是一个巨大的失败。再有两年时间,卡帕就能发挥他作为种鹿的作用了,艾洛夫一家就能得到卡帕生的米艾希了。如果顺利的话,一年能收获好几只卡帕色的米艾希。现在放跑了这个能生金蛋的稀有驯鹿,艾洛夫一家觉得实在是不甘心。

皮埃拉渐渐恢复了平静。"小小年纪竟然做出逃跑这种胆大包天的事情,真是不知道天高地厚!我一定会把你抓回来的!"他一边咬着肉干,一边在心中暗暗发誓。

从拉屋正中央的圆洞里看见的天空,变得异常明亮。汉娜似乎也注意到了。

"是极光吧。不过天空怎么都变红了?"

汉娜话音未落,皮埃拉走了出去。

"哇!太美了!"

皮埃拉不禁发出感叹的声音。

地平线上升起了一道巨大的彩虹色大幕。

幕布上有红色、黄色和紫色的褶皱,每晃动一下,褶皱都会像水流一般起伏波动,缠绕在一起,形成一个旋涡。这和卡帕他们看见的是同一个极光。

"太美了！极光倒是常见，不过这么鲜艳美丽的极光真是不多见啊！"

不知从何时起，汉娜也来到了皮埃拉身旁，抬头仰望着天空。

"妈妈快出来看啊！这么漂亮的极光可是难得一见呢！"

"都给我进屋来！明后天就是春分了，这种时候苏塔尔正到处晃悠呢。"

一听乌莉亚娜这话，皮埃拉心中一惊，看向汉娜。

汉娜与皮埃拉眼神对视后，就像商量好了似的一下子钻进了拉屋，皮埃拉也慌里慌张地跟在她身后钻了进去。

"如果天空中出现了血红色的极光，亡灵就会顺着红色极光来到地面。苏塔尔会出来四处走动，猎捕亡灵。所以说啊，这种夜晚还是老老实实待在家里最安全。"

乌莉亚娜把拉屋的门关严了。

苏塔尔，是半人半亡灵的妖怪，是一种以人类和亡灵为食的可怕妖怪。乌尔塔居住在诅咒之山，苏塔尔居住在苏塔尔湖湖畔。

萨米人相信极光是天空裂开后漏出来的亡灵之光。常见的那种拱形的白色极光并不可怕，但是带有颜色的极光十分危险。尤其是从地面上升起的像赤色火焰般燃烧的红色极光，是亡灵从天空来到地面的阶梯。

苏塔尔以人类为食，不过因为它们一半是亡灵，所以还必须吃亡灵。

皮埃拉和汉娜害怕起来，缩成了一团。外面广阔的天空中，一场神秘奢华的色彩盛宴正在无声无息地上演。仔细聆听的话，仿佛能够听到亡灵们不祥的低语声。

远处传来"铃铃铃"的声音。

"啊，是爷爷！太好了。这么晚了还没回来，我还以为他要在外面过夜呢。"

汉娜脸上流露出喜悦的神色。

刚才只顾着担心极光了，把卡帕出逃的事都给忘了。爷爷一定会骂死他的——随着鹿铃声越来越近，皮埃拉的心跳开始加速了。

三个人走出拉屋，迎接艾洛夫、列夫和伊列皮。极光消失了，藏青色的夜空中星星在闪烁。

三只赫尔基拉的雪橇停下了。

"回来啦！我还以为你们得明天才能到呢。"

乌莉亚娜的话语里掩饰不住喜悦之情。

"运气好得很，想要的东西都凑齐了，想快些让大家高兴高兴，就紧赶慢赶地回来了。过河的时候，又碰巧遇见了伊列皮，说是有东西忘到家里了，要回来取。今天真是幸运啊！"

艾洛夫一边回答一边指了指雪橇上的东西。

"你能这么早回来真是太好了。家里出大事了！"

乌莉亚娜把卡帕和提提奥塔出逃的事情一五一十地告诉了艾洛夫。还说了皮埃拉第一时间去追赶，但是没能追上的事。

"对不起，爷爷！我真没想到卡帕竟然会把围栏的横木弄下来。我拼命地追它们。可是，天色越来越晚，最后还是没追上。"

皮埃拉红着脸说。他实在不好意思说自己是因为害怕乌尔塔返回来了。

"这也没办法。卡帕已经两岁了，是个小男子汉了，看来它是想跑到广阔天地里闯荡一番了。不过毕竟是个孩子，应该跑不远。雪地里会留下脚印的，咱们一定能把它抓回来。"

艾洛夫详细询问了事情经过后冷静地说道。

已经做好挨一顿骂的思想准备的皮埃拉总算松了口气，靠在艾洛夫的胸口说了一句："爷爷，谢谢您！"

第二天，天刚一亮，艾洛夫、列夫、伊列皮和皮埃拉就带着猎犬基克，出去抓捕卡帕和提提奥塔了。

从昨天起雪就停了，雪地上清晰地留着两只小驯鹿的足迹。四人滑雪前进，一路寻找足迹，追踪卡帕的去向。基克不甘示弱，紧紧跟在后面。

四人在无边无际的大雪原上追赶，这时艾洛夫说话了：

"它们一直在雪地上跑的话找不到吃的,一定是跑到哪一片森林里了。到了森林,就有驯鹿苔吃。"

"天很短,咱们必须加快速度了。今晚得在野外露营了。如果不变天倒还好说,不过说不准什么时候暴风雪就刮起来了。"伊列皮呼着白气说道。

他们简单吃了点午餐,没有休息,直接出发了。

"对面有一片森林。脚印一直通到林子里。它们一定在那里。"皮埃拉高兴地说。东北方向隐隐约约有一片森林。

四个人全速前进,顺着足迹朝森林走去。

他们穿过一棵棵白桦树,看见了好几只吃驯鹿苔的驯鹿。

"找到了!卡帕在那里,在那只领着米艾希的雌鹿的对面!"

列夫的眼最尖,他压低声音,竭力抑制住兴奋的心情,小声说道。

透过白桦林,可以看见一只比雪还洁白的闪着耀眼银色光芒的小驯鹿。

"要是让它逃到森林深处就不好办了。有树挡着,咱们跑不快。咱们得绕到卡帕的对面去。四个人对它形成包围之势,把它赶出森林。只要跑到雪原上,就任咱们摆布啦。"

艾洛夫说完,便掉头朝来时的方向走去。

卡帕已经有所察觉了。他的脑子里迅速闪过许多对策：该如何从追捕者手中逃脱？或许毫不犹豫地逃到森林深处是最好的办法。可是，那样一来，他们又变成了孤零零的两只幼鹿，相依为命。他们好不容易才加入了鹿群，刚刚开始享受被成年驯鹿环绕的安全感。待在鹿群里，心情很平静，心里很踏实。

该怎么办呢？就在卡帕逼着自己做决定的时候，他忽然看见皮埃拉他们一起掉头返回了。他原以为皮埃拉一定会吹响口哨叫他回去，现在他只有呆呆地目送他们离去，同时心中也有一种"得救了"的感激之情。

艾洛夫他们走出森林后分成了两队。艾洛夫和皮埃拉带着基克从右边包抄，伊列皮和列夫从左边包抄，同时绕到驯鹿群的对面，意在把卡帕赶出森林。进入森林后，四人围着大驯鹿群呈半圆形散开。

一群远东山雀看见人类走过来了，一下子飞上了天空。鸟群"唧唧"地叫着，飞过驯鹿群上空，在树木间穿梭飞行。

卡帕有一种不祥的预感，抬起了头。在把脑袋伸进雪洞里吃驯鹿苔的时候，很难听见远方的声音。

群落的首领雌鹿从雪洞里抬起头，竖起耳朵仔细听起来。她似乎捕捉到了某种声音。她向右歪着头，听了一阵，然后又若无其事地吃起驯鹿苔来。

这只雌鹿已经发现有人正在偷偷靠近。她曾经是艾洛夫希塔的雌鹿,刚开始看见人的时候,就知道是艾洛夫他们。所以,她认为,没有逃跑的必要。

咔吧!列夫的滑雪板碰到了一棵倒木。

提提奥塔从雪洞里抬起了头。她停止了咀嚼,集中精神听了起来。

卡帕突然奔跑起来。紧接着,提提奥塔也跑了起来。刚才还在吃驯鹿苔的驯鹿们一起抬起头,视线追随着奔跑而去的两只小鹿的身影,不知道究竟发生了什么事。

"快追!别让它跑了!"

既然被卡帕发现了,就没必要隐藏行踪了,只能全速追赶。

四人脚踏滑雪板,灵活地穿梭在白桦树之间。

卡帕逃跑的方向是东南方。他本能地觉得应该逃进森林深处。一旦跑到雪原上,会遭到四面八方的堵截,连躲避的地方也没有。本能告诉他:尽量往森林深处逃!

卡帕的想法一下就被老练的艾洛夫看透了。他们的作战方案和卡帕的正好相反,是要把他赶到雪原上去。现在提提奥塔已经不重要了,无论如何也要把卡帕这个宝贝抓回去。

白桦林中,一出紧张激烈的抓捕大戏拉开了帷幕。

艾洛夫他们不该因为卡帕是个孩子就小瞧他。卡帕拥有两岁驯鹿所没有的能力。他的奔跑能力就连成年驯鹿也望尘莫及，再加上身材娇小，能在树木之间灵活地穿梭。拐弯半径小，判断准确。

提提奥塔拼命跟在卡帕身后。她觉得快要喘不过气来了，胸口仿佛要撕裂了。可是，她知道一旦落下了肯定会被抓，所以她使出了仅有的一点儿力气，拼命跟着卡帕奔跑。

艾洛夫和他的三个孙子有时会吹出短而尖厉的口哨声，每个人的口哨声都不一样，以此来判断各自的位置。即便是滑雪技能高超的艾洛夫家的男人们也追不上全速奔跑的卡帕。四人只能巧妙地包围，困住卡帕，再用套索抓捕。

艾洛夫在后面追赶卡帕。随着几声"哔！哔！"的口哨声，列夫和伊列皮，还有基克集合到了一起。基克来到卡帕前面，拼命奔跑，想要挡住卡帕。

皮埃拉没能跟上其他人，和大家走散了。他听见艾洛夫的口哨声从远方传来，便朝着那个方向跑去。

前方隐约能看到一个白影穿梭在树木之间，是卡帕，正在朝这边跑来。

皮埃拉迅速藏到一棵高大的冷杉后面，屏住呼吸。卡帕肯定会从这棵树前经过。

鹿蹄踩在雪上的声音越来越近了。皮埃拉拼命抑制住激动的心情，拿出套索等待着。

萨米族的男孩从四五岁就开始练习扔套索了。抓捕放牧的驯鹿，全是用套索。如果套鹿的技术不好，就不能成为一个真正的萨米人。皮埃拉的套鹿技术在孩子中间是最好的。皮埃拉咬紧牙关，双脚微微张开，用力踩在雪上，为这个绝无仅有的机会而兴奋不已。

随着踏雪声越来越大，一只银白色的驯鹿跃入了皮埃拉的视线——是卡帕！

皮埃拉的套索飞了出去。

套索落在了卡帕的头上。

就在那一刻，卡帕猛地一扭头，像一阵白色旋风般跑进了森林。提提奥塔紧随其后跑了过去。

"可恶！"皮埃拉咬着嘴唇，目送着白色幻影消失在森林中。

套索的确落在了卡帕的头上。如果是长着鹿角的卡帕，应该已经套上了。或者，套索的直径再大一些的话，就正好套在卡帕脖子上了。皮埃拉的失误在于，他用的是比较小的套鹿角的绳索。在秋天和冬天的围鹿中，雄鹿们都长着鹿角。所以，萨米人主要练习的是怎样用套索钩住鹿角。皮埃拉还没练过如何用套索套住驯鹿的脖子。这就是卡帕的幸运了。

卡帕被皮埃拉的突然出现吓了一跳，不过总算勉强逃过一劫。然而，危险又来了，远处前方出现了艾洛夫的身影。皮埃拉已经绕到了他的一侧，一个不小心就会

被他们包围了。

基克的叫声从身后传来。怎么办？一瞬间，卡帕犹豫了。

一群驯鹿在挖雪洞采食驯鹿苔。一只雌鹿正和一只米艾希并排休息，卡帕和提提奥塔以迅猛的速度闯了进来。

驯鹿们吓得四散逃窜，他们看见卡帕身后有一只狗和四个滑雪的人类。

驯鹿们不知道究竟发生了什么事，不过他们嗅到了危险的气息。驯鹿们一齐跟在卡帕和提提奥塔身后飞奔起来。

顺着卡帕的足迹一路追来的基克，面对印在雪地上的无数驯鹿蹄印，一下子失去了追踪的线索。看着眼前扬着雪烟奔驰而去的一大群驯鹿，艾洛夫他们也有些不知所措。

这样的情况完全出乎卡帕的预料。他看见了驯鹿群，心想终于找到同伴了，终于可以放心了，只要逃进鹿群就安全了。结果，大家竟然一起开始逃跑了，真是在千钧一发之际扭转了局面。

艾洛夫一家的追击让群落里的驯鹿们四散逃窜。基克无法分辨那些乱糟糟的脚印里哪一个是卡帕的，只得原地打转。

在一片混乱中，卡帕成功地逃了出来。卡帕用尽全力朝没有追捕者的方向全速前进。突然，他发现提提奥塔不见了。他一直以为她肯定能跟上来，心中顿时咯噔一下，不由得停下了脚步。

卡帕等了一会儿，可是森林里万籁俱寂，连微弱的脚步声都听不见。他透过树影看了很久，可是连一个影子都看不见。提提奥塔是不是在那场混乱中跟着别的驯鹿跑了？总之，卡帕当时只顾着逃命了，根本无暇顾及其他驯鹿的安危。

失去了形影不离的朋友，卡帕顿时感到十分寂寞。以前，正因为是他们两个，才能克服那么多困难，才有了活下去的力量。现在卡帕成了孤身一个，失去了心灵支柱，彻底没了精神。

看起来已经完全摆脱了追捕者，卡帕悬着的心总算放了下来，与此同时，疲劳也席卷而来。整个上午他都在拼命奔跑。当他孤注一掷只知道逃命的时候，身上充满了异常强大的力量，丝毫感觉不到疲倦。可是现在他放松下来了，再加上失去提提奥塔的空虚，自然会觉得十分疲倦。

卡帕拖着疲惫的身躯，没精打采地走着。天空阴沉沉的，太阳躲了起来。没有了参照物，卡帕完全丧失了方向感。

或许是风吹的缘故，他发现有一块地积雪很薄，露出了地面。早已累得目光涣散的卡帕看见了驯鹿苔。他连忙跑过去，疯了似的大吃起来。

得救了。如果没有发现这些驯鹿苔，卡帕一定会因为饥饿和疲劳而倒下。他一下子来了精神，仿佛抓住了一根救命稻草，一通狼吞虎咽。

卡帕不经意间竖起了耳朵。无论做什么，他都不会放松警惕。他捕捉到了微弱的滑雪的声音。

他抬头一看，竟然发现附近有两个人类。"糟了！得赶快跑！"卡帕调整姿势，狂奔起来。

多亏了刚才短暂的休息和驯鹿苔补充的能量，卡帕已经完全恢复了精神。他脚步轻盈，飞奔而去，溅起一路雪花。

卡帕心中突然一惊。他跑出了森林，前方是一望无际的大雪原。现在已经不能后退了，后面有两个人在追捕，还好没有猎犬。总会有办法的，卡帕纵身一跃，跑进了雪原。

追捕者是列夫和皮埃拉。艾洛夫、伊列皮和基克分成两队去另一个方向搜索了。

"咻——咻——！"身后响起了尖厉的口哨声。"发现卡帕了！你们快过来！"这是通知艾洛夫的暗号。

跑了足足三十分钟之后，卡帕累得不行了。无论他怎么努力，速度也提不上来。再加上雪原上没有什么障碍物，列夫他们的滑雪板充分发挥作用，距离一点一点缩小了。

走进钻石尘

天空万里无云。春天的天气说变就变。刚才还在空中飘浮的云彩不知什么时候消失了，灿烂的太阳照耀着雪原，地面像一面银色的镜子闪闪发光。可是气温仍然很低，大约零下二十摄氏度。全速奔跑的话，体感温度会更低，能达到零下三十摄氏度以下。身体状况好的时候，感觉不到寒冷，可是对于持续长时间全速奔跑、体力消耗巨大的身体来说，这种寒冷反而加剧了疲劳。

追捕的人越来越近了。可是无论怎么努力，速度就是上不去，卡帕心急如焚。

前方出现了一片雾蒙蒙、白茫茫的空间。卡帕虽然不知道那是什么，不过觉得逃进去的话总能有点办法。

跑到近处时，卡帕发现那片像雾一样的东西竟然闪闪发光，有时甚至会发出耀眼的光芒。身后传来人的叫喊声，再有四五十米他们就追过来了。

"糟了，要是跑到那里面，就找不到它了！"

列夫大吼。

"是钻石尘！光的旋涡！"

皮埃拉感叹的话音刚落，卡帕就跃入了那片光的海洋。

钻石尘是空气中细微的水滴凝结成冰晶在空中飘浮的现象。一旦走进钻石尘，无数钻石尘微粒对光的反射会让人陷入灿烂耀眼的光的洪水中，人会感到头晕目眩,仿佛闯入了一片神奇的幻象之中。驯鹿如果闯进了钻石尘,就会踪影全无。传说这是乌尔塔设下的陷阱,能将驯鹿抓走了。

眼看着卡帕跳进那片白茫茫的钻石尘,列夫和皮埃拉停住了脚步。

"啊!"列夫发出一声感叹。

在那片白雾中间,立着一只圣洁的驯鹿。冰晶粒子附在卡帕那一根根纯白色毛发上,每一颗微粒都在闪闪发亮。

卡帕的样子神秘庄严,仿佛从天而降的神的使者。列夫和皮埃拉不由得跪倒在雪地上。

幼年驯鹿一身卡帕色毛发闪耀着白金般的光芒,变成了一只白银铸造的驯鹿,消失在迷雾深处。

列夫和皮埃拉默默地站起来,向后转身,踩着滑雪板滑行起来。两人心中充满了不可思议的感动,甚至连话都说不出来了。这下应该再也见不到卡帕了,他们彻底放弃了,也许卡帕被乌尔塔掳去它们的世界了。两个人虽然默默无语,但心中却想着同样的事情,思绪早已追随那永生不得相见的神秘身影而去了。

冷杉

被貂熊袭击

　　穿过钻石尘的迷雾海洋，卡帕来到了一片白雪皑皑的田野。他仿佛被什么东西附体了，只觉得身体里有个声音一直在喊："快跑！快跑！"

　　前方有一片黑黢黢的云杉树林，先逃进去再说吧！这个想法给卡帕疲惫不堪的身体注入了力量。

　　云杉是一种像圣诞树一样的三角形树木。当然没有人会为它修剪枝叶，所以树枝层层叠叠垂下来，林子里黯淡无光。

在雪原上，整个身体都暴露在外面，所以很远就能被发现，危险也很多。森林里视线没那么好，不容易被敌人发现。不过相反地，敌人来到近处也不容易发现，所以绝对不能放松警惕，否则就会有意想不到的灾难降临。

卡帕走到一棵巨大的冷杉树下，歇息了一会儿。

他没有发现追捕者的任何气息。终于安全了，然而饥饿的感觉也在瞬间袭来。从早上开始一直在跑，体内的能量全都耗尽了，如果不靠着树的话站都站不稳。

云杉密实的树叶挡住了雪，树林的地面上积雪很少。卡帕用前蹄扒了几下冷杉树下的积雪，驯鹿苔很快就露了出来。卡帕迅速把脸埋在雪洞里大吃起来。

卡帕边走边吃，突然发现雪地上印着陌生的足迹。脚印的宽度和人类的手掌差不多，然而长度却很长，清晰地显出五只长长的爪印。他从未见过这种脚印。"是什么动物呢？"卡帕有些纳闷，心中掠过一丝莫名的不安。

他抬起头，四下看了看。附近可能隐藏着危险的动物。

"咦？这是什么味道？"卡帕嗅到了一股可疑的气味，他耸动鼻子使劲闻起来。

随风而至的气味，分明是驯鹿的气味。

这个脚印，绝对不是驯鹿的。那么，这不就意味着，虽然和眼前的脚印没什么关系，但是前方的确有一只驯鹿？可是，卡帕很快打消了这个念头。那个气味很奇怪。虽然是驯鹿的气味没错，但是却掺杂着腐肉的味道。

卡帕的心情十分复杂：既有即将遇见同伴的喜悦，又有对不明身份者的担心和疑虑。他悄无声息地迈开了步子。

被积雪覆盖的倒木对面，露出了一截雄伟的鹿角。

"是在睡觉吗？"卡帕小心翼翼地靠了过去。

啊！卡帕一下子站住了。那的确是驯鹿，不过，是死尸。看样子已经死了很久了，尸体已经开始腐烂了。

尸体突然动了一下。卡帕正在纳闷，只见一个褐色的动物探出头来，一只爪子放在驯鹿尸体的背上，用犀利的目光盯着卡帕。

卡帕突然感到毛骨悚然，觉得自己说不定也会经历那具死尸的遭遇。他迅速掉转身，拼命逃了起来。

那个动物是貂熊。卡帕迅速逃走是明智的，貂熊最爱袭击驯鹿幼崽。

貂熊产下了五只幼崽，孩子们都待在积雪中的窝里，貂熊必须要把孩子们喂饱。貂熊妈妈在森林里四处转悠时，发现了一具被狼杀死的驯鹿尸体。驯鹿的内脏已经被掏空了，肉也被胡乱扯走了一些，不过剩下的肉足够吃了。虽然有点腐烂了，不过貂熊并不介意吃腐肉。

貂熊是栖息在寒带的鼬科动物，体长八十多厘米，

长着蓬松的长尾巴，雄性体重约十五公斤，雌性体重约十公斤。覆盖全身的厚密长毛在人类世界十分珍贵，原本貂熊的数量就少，再加上过度捕猎，数量急剧下降。

貂熊的性格十分凶猛，被称作"雪地上的杀手"。它们也吃浆果类等植物，不过主食是动物，尤其喜欢吃狼和熊杀死后丢弃的动物死尸。貂熊长着坚固的下颚和牙齿，可以咬碎坚硬的骨头。它就像北极圈的鬣狗。貂熊会袭击小鸟或老鼠等小型动物，也常常袭击驯鹿，尤其是驯鹿幼崽，所以是非常危险的敌人。刚才那种情况，如果不是有死尸在，貂熊恐怕早就袭击卡帕了。

卡帕幸运地脱离了危险，松了一口气。这时，周围已经完全黑下来了。卡帕在一棵高大的云杉树下卧了下来，决定在这里过夜。

深深的黑暗彻底包裹了森林。在没有一丝光线的漆黑暗夜中，孤单寂寞的心情如潮水般一波又一波地向卡帕涌来。他想起了和提提奥塔在一起的日子。仅仅是他们两个互相陪伴，就让他觉得无比踏实。虽然有时候会觉得提提奥塔是累赘，有时候会想：要是没有她就好了。可是只有变成孤单一个的时候，才痛切地意识到：她的存在是多么重要。

卡帕忘不了貂熊那犀利慑人的目光。今后肯定会遭到貂熊的袭击。或许也会和那个驯鹿死尸一样，在某天被貂熊吃掉。前途未卜，危机四伏。可是，不管会有怎样的遭遇，都只能独自面对。如此一想，卡帕不禁打了个冷战，看了看四周。

伸手不见五指的黑暗中，卡帕什么也看不见，睁开眼闭上眼都一样。卡帕把注意力集中在耳朵和鼻子上，想要捕捉声音和气味带来的信息。

远处，猫头鹰在叫。那叫声听上去空洞又寂寞，和他在牧场时听见的叫声一样。卡帕心中稍稍宽慰了些，高度的紧张得到了缓解，不久就进入了梦乡。

一周后，卡帕加入了一个十二只驯鹿的小群落。这个群落由五只成年雌鹿、三只接近两岁的幼鹿和四只米艾希组成。每只驯鹿的耳朵上都有印记，这说明他们都有主人。

云杉树林里，驯鹿们各自挖着雪洞，寻找驯鹿苔吃。要是运气好的话，积雪下面会找到很多驯鹿苔。不过也有一无所获的时候，一天要有大半时间花费在觅食上。

雌性貂熊盯上了驯鹿。这段时间她几乎捉不到猎物，只抓到了一只红松鼠和一只野兔。孩子们饿得直叫唤，貂熊妈妈也只能饿着肚子。她在森林里转了一圈，连驯鹿等动物的尸体都没找到。虽然有些不好对付，不过她还是决定攻击驯鹿群试试看。

貂熊从下风向悄悄靠近鹿群。宽大的脚掌就像戴上了橡皮垫，走路时没有任何声音。

　　她从树后面偷偷看了一眼。一只雪白的驯鹿幼崽映入眼帘，就是不久前她吃驯鹿腐肉时看见的那个小家伙。幼崽一般都容易抓捕，可是不巧的是，他待在鹿群的中央。周围的驯鹿总是会在第一时间发现危险，想要发动攻击几乎是不可能的。

　　鹿群的外围是带着米艾希的雌鹿，就瞄准那家伙吧。貂熊隐去了脚步声，一边巧妙地藏在树后，一边向那只褐色的驯鹿靠近。

　　褐色的驯鹿正在忙着挖雪洞吃驯鹿苔。米艾希把脑袋伸进洞里吃得正香。在他们身旁，有一株倒下的云杉。那是被不久前的那场暴风雪吹倒的，茂密的绿叶上覆盖着积雪，就像是一个大雪球。

　　貂熊偷偷钻进云杉的树叶中，观察两只驯鹿的动静。

　　他们都把头伸进雪洞里，忙着吃驯鹿苔。距离十米，这是再好不过的机会了。

　　"咔沙！"貂熊吓了一跳，连忙伏下身子。云杉叶子上的一部分雪落下来了。

　　褐色驯鹿抬起头来。

　　貂熊屏住呼吸看着她。

　　驯鹿若无其事地继续在雪洞里吃起来。

　　"就是现在！"貂熊嗖地滑了出去，发动了全速进攻。

米艾希早一步察觉了，仅仅早了一秒。她迅速闪向一旁。

貂熊的如意算盘落空了。她预想米艾希一定会向前方逃跑，因此自己也是全力朝前冲去的。"该死！小东西，不按常理出牌！"

貂熊立即改变目标，朝驯鹿妈妈扑去。就在她马上就要够到驯鹿的一刹那，驯鹿逃脱了，全速奔跑起来。

如果没有雪，一定是驯鹿跑得更快。可是现在暴风雪带来的新雪反而让貂熊占据了有利条件。驯鹿一旦全速奔跑，蹄尖就会十分用力，坚硬的蹄子就会陷进雪里，速度就会下降。尤其是新雪，鹿蹄会陷得更深。

而貂熊则不同，她的脚掌又大又柔软，脚不会陷进雪里。她敏捷地移动短小的脚，在雪地上飞快地奔跑，仿佛滑雪一般。

驯鹿摔倒了，她的前足陷进了柔软的雪地里。

貂熊抓住这稍纵即逝的机会，纵身一跃，跳上了驯鹿的后背，用锐利的勾爪抓住了驯鹿的肩部。后脚的爪子也插进了驯鹿的后背，牢牢地趴在了驯鹿背上。

母鹿发疯似的在树林中奔跑，扭动身体想把貂熊甩下来。貂熊则紧紧地贴在她背上，将镰刀般长长的爪子使劲抠进肉里，一点一点向前蹭着走。

她的目标是脖子。不管她把爪子在驯鹿后背和肩部插得多么深，也无法打倒驯鹿，得咬住脖子才行，然后再用足以咬碎岩石的坚韧牙齿咬断驯鹿脖子。

貂熊有好几次都差点被甩下来，但她竭力忍耐着，终于把匕首般锋利的牙齿插进了驯鹿的脖子。

驯鹿拼命扭动身体，在树木间奔跑，想把貂熊甩下来。鲜血四处飞溅，在白雪上洒下点点鲜艳的红色。

卡帕目睹了这一切。那只驯鹿双目圆睁，表情狰狞，一边左右甩动脑袋，一边在树木间飞速奔跑，仿佛一个妖魔。她后背上趴着一个黑乎乎的东西，鲜血四处飞溅，染红了地上的白雪。

卡帕遭到了巨大的打击，浑身僵硬，立在原地动弹不得。虽然他想往前走，可是脚却像冻住了一般，根本迈不开步子。不过他的嗅觉和听觉异常灵敏，不会放过一点点危险。

远处传来从未听过的异样叫声，是被貂熊咬断脖子的驯鹿临死前发出的惨叫。听到那个声音，卡帕僵硬的身体像是被施了魔法似的动了起来，他转身跑进了森林深处。

狼

命中注定的相遇

  夏天很快就结束了。八月一过,大自然渐渐显出了秋色。白毛羊胡子草笔直的茎上顶着白色绒毛,像是铺了一层松软的地毯。一阵风吹来,仿佛有一波波白色的浪涛在大地上摇曳起伏。
  浆果类还没到成熟的时候,不过微微透红的果实已经足以充饥,还有许多柳树、白桦树的叶子和草,驯鹿在吃饭问题上没什么好担心的。卡帕嚼着柳叶,悠闲地踱着步子。

草丛中突然跳出一团小小的褐色物体，连滚带爬地向前跑去——是雪兔的幼崽。

卡帕被雪兔的气势所感染，追了上去。

原以为小雪兔会一直朝前跑，没想到它突然来了个九十度转弯，跳进了灌木丛。

卡帕轻轻一跃，随后也钻进了茂密的灌木丛。

和小兔子捉迷藏还是蛮有趣的。卡帕没打算吃他，只是在享受追逐游戏的乐趣。小兔子可是拼上了所有力气。他总是被貂和狐狸这类天敌追赶，所以对他来说，被其他动物追赶这件事与死亡只是一墙之隔。小兔子发了疯似的拼命逃窜。

几株白桦树挨挨挤挤长在一起，树下的杂草十分茂密，小兔子一头钻了进去，消失不见了。

"去哪儿了？"卡帕睁大了眼睛，悄悄凑上前去。

卡帕突然感觉胸口被戳了一下，顿时停住了脚步。

他竖起了耳朵。他的耳朵就像二十四小时不间断工作的雷达，每时每刻都不放松警惕，这双耳朵捕捉到了踩踏大地的轻微响声。"有人跟在后面。"

四周并没有可疑的声音，可是他刚才听到的声音又是千真万确。一定是跟在自己身后的家伙停下了脚步。如果是驯鹿的话，那个声音一定会越来越大，因为根本没必要停下来。

卡帕前后左右地晃动耳朵，扬起鼻头，使劲嗅着气味。

遗憾的是,并没有风从后面吹来。如果有风,哪怕只是微风,卡帕就能捕捉到那个可疑的气味了,这项能力甚至比他的耳朵雷达还要优秀。

卡帕扭过头,死死盯着后方。

"咚咚咚",他听到了啄木鸟啄树的声音。他只听到了这些。森林静悄悄的,没有一丝可疑的声音。

右边吹来一阵风,卡帕闻到了蘑菇的香味。蘑菇成熟的季节就要来临了。那里应该生长着许多美味的蘑菇吧!卡帕一边小心留意四周的情况,一边快步走了起来。

卡帕时不时停下来看看身后。当他来到一棵云杉树下,第四次回头张望时,他看见白桦树之间有一团灰影迅速闪过。

"是狼!"卡帕大吃一惊,本能地迅速绕到云杉树后,走到一个狼看不到的位置,快步逃走了。

狼心里咯噔一下,死死盯着前方。因为他刚才追赶的那只幼年驯鹿突然消失了,仿佛被谁给带走了。

小驯鹿是罕见的纯白色,所以狼透过树木的间隙能够很容易发现他。可是这个小家伙却突然不见了。

"有两下子啊!"狼心想。可恶的小鬼!他一定是先躲在云杉树后,然后在长有高大云杉树的树林中穿行,巧妙地躲过狼的视线,逃掉了。

狼加快脚步去追赶白色驯鹿了。

狼的毛发是灰白色的，身上有多处伤痕，右耳朵少了一半，仿佛讲述着身经百战的光荣历史。

豁耳狼曾经是狼群的首领，是狩猎高手。他曾率领狼群抓捕过兔子、狐狸、驯鹿，甚至抓到过和牛差不多大小的驼鹿。

狼的社会里，一般是一条公狼和一条母狼结成一对活动。早春的时候母狼会在巢穴里生下四至七只幼崽，孩子由公狼和母狼共同抚养。幼崽长大后，多数会离开狼群，也会有几条留在狼群里做父母的助手。

豁耳狼的妻子生病去世了。他失去了最爱的妻子，同时也是强大的生活伴侣，他一下子陷入了沮丧，变得没精打采。再加上豁耳狼年纪也大了，没办法立刻振作起来。

狼的社会十分严酷。早就盯上了首领宝座的第二雄性，某天突然向豁耳狼发动了攻击。失去了强大搭档的衰老首领已经无力应对这场"政变"，豁耳狼很快败下阵来，被逐出了狼群。

成为独狼以后，每走一步都很艰辛。之前都是和伙伴们一起狩猎，现在也不得不独自面对了。不过，老练的豁耳狼并不逞强，懂得采取巧妙的办法抓一些兔子、旅鼠之类的小动物，或是驯鹿幼崽等容易捕获的猎物。

当他看见一只纯白色的驯鹿幼崽在独自转悠时，不由得心中大喜。驯鹿幼崽几乎从不独自行动。豁耳狼从昨天起就一直饿着肚子，他怎能放过这么好的机会呢？他小心翼翼地跟在驯鹿幼崽的身后。

狩猎的方法根据猎物是何种动物而不同。猎物通常会一直保持警惕，而且会想尽办法逃跑。每种动物都有其独特的保护自我的方式，如果不明白这一点，狩猎一般不会成功。

驯鹿的武器是他的速度。若是来一个赛跑，狼是跑不过成年驯鹿的。就算发现了驯鹿，如果突然追赶的话也只能让他跑掉。

那么，该怎么办呢？

一群狼一起狩猎的时候，可以前后夹击，或是绕到侧面拦截，每只狼都有分工，共同捕猎，因此抓获猎物并不困难。然而，独狼狩猎就不同了。

狩猎的原则有三个，尽量靠近猎物，不放过每一个瞬间的机会，还有就是不能着急。老练的豁耳狼凭以往的经验自然明白这些道理。

只看了白色小驯鹿一眼，豁耳狼就不由得心头一热。"这是个绝佳的货色。这个猎物太罕见了！"豁耳狼不禁咽了口唾沫。

在牧场的时候，饲料充足，卡帕吃得很好，长得也快，他那魁梧的身材一点儿都不像是两岁的驯鹿。在豁

命中注定的相遇

耳狼眼睛里，卡帕完全是一顿"久违的大餐"。

"这个小鬼不简单啊！看来不能因为他是个孩子就小瞧他。"

豁耳狼观察着卡帕的行走方式，不由得打起了精神。

豁耳狼隐去了脚步声，像影子一样跟在白色小驯鹿身后。

究竟走到多近才能转为进攻，这是个问题。这要取决于猎物的实力。如果猎物比较孱弱，奔跑速度慢，可以从远处发动攻击，可是对手如果跑得很快，这种方法就行不通了。这时候应该悄悄跟在猎物身后，观察对方的步子和机敏的身形等，暗地里大体估算一下猎物的体力。

一群远东山雀发出"唧唧唧"的热闹啼叫声，在枝头间翻飞跳跃。卡帕停下脚步，静静地听着。

最后一只远东山雀"唧"地叫了一声，振翅飞上了天空，随后就是一片寂静。卡帕灵敏的耳朵听不到一丝声音，好像已经成功地甩掉了那只可怕的大灰狼。

心情放松下来后，立刻觉得肚子饿了，恰好眼前就生长着一丛茂密的驯鹿苔。卡帕连忙扑上去吃了起来。

卡帕大意了，一直紧绷的心情松弛了下来，只顾着埋头大吃驯鹿苔。他并没有注意到狼正在向他靠近。

豁耳狼从下风向一点一点朝卡帕逼近，白色小驯鹿正在忙着吃驯鹿苔。

豁耳狼藏在白桦树的树干后面，肚皮紧贴着地面，集中所有注意力，观察对手的情况。白色驯鹿稍微动了动，屁股正对着他。"就是现在！"

豁耳狼刚想扑上去，但又犹豫了。距离有点远，要是再靠近点，就有百分之百的把握捕获猎物了。

这一瞬间的犹豫成了导火索，白色驯鹿突然全速奔跑起来。

"糟了！"豁耳狼仿佛遭到了当头棒喝，连忙跳了出来，开始进攻。

要是错过了这个机会，一切就都完了。豁耳狼固执地展开了攻击。狼和鹿在树木之间飞速穿行，踢飞了驯鹿苔，跨过倒木，跳过湿地的水塘，展开了一场生死角逐。

卡帕拼命地奔跑着，用尽了全身的力气和精神。

他剧烈地喘息着，胸口快要窒息了。他感觉腿有点累了，速度变慢了些。狼在一点点地缩短距离。不行，这样的话早晚会被狼追上。

卡帕脚上开始发力。

速度稍微快了些，可是，这也没能维持多久。

狼越来越近了——看来是不行了，脚已经不听使唤了，卡帕甚至能听见狼的脚步声。

"咳，咳！"前方传来像咳嗽似的声音。

卡帕仿佛被那个声音所吸引，径直跑了过去。

他不知道那个声音是怎么回事，不过好像在哪里听过。是小时候和妈妈在森林里走路时听见过吗？有一个声音向记忆深处追问。要是朋友就好了。

想起来了！是驼鹿叔叔！卡帕脑海中浮现出一个巨大的身影，长着令人惊叹的雄伟的鹿角。他只见过驼鹿一次，那次也是这个季节。他和母亲在叶子泛黄的白桦林中觅食，和驼鹿不期而遇。

"好大的身体啊！"卡帕被驼鹿那雄伟的身姿所征服，不由得倒吸一口气。

驼鹿的毛色和驯鹿一样，大多是茶褐色，不过四只脚是白色的，头上顶着巨大的鹿角。鹿角的尖端像扇子一样展开，从那里生长出漂亮的枝杈。喉部下方垂着一个肉柱，上面长着毛，被称为"颌囊"。

毕竟从地面到驼鹿肩部的高度超过两米，体重足足有八百公斤，卡帕又是第一次见到这个庞然大物，所以他的惊愕也就不难理解了。驼鹿一直低头看着他，目光中流露出温柔。刚见面时的害怕与警惕顿时消失了，一种安全感包围了卡帕。驼鹿给他一种值得依靠的感觉，就像是靠在了一根巨大的柱子上。

驼鹿轻轻"咳"了一声，扭头走进了茂密的树林中。

"要是跑到驼鹿那里去就能得救了。"卡帕心想。在这个火烧眉毛的紧要关头，也只能依靠这位小时候见过的"可靠叔叔"了,只能把全部希望寄托在这种模糊的信任感上了。

卡帕用尽全身力气朝驼鹿身边跑去。

驼鹿吓了一跳,刚想逃走,突然看见一只狼跟在驯鹿身后跳了出来。

驼鹿用两只后脚站了起来,俯身压制住扑上来的狼,用前脚狠狠朝狼踢去。

豁耳狼不愧是久经沙场的老狼,他勉强躲过驼鹿的前脚,摆好攻击姿势,发出恐怖的低吼声。

狼和驼鹿怒目而视,对峙起来。

卡帕回味着得救的安心感,躲到了驼鹿身后的树丛里。

这是气势的对决,对峙双方身上迸发出的气势正在交战。

狼大吼一声,将头歪向斜下方,用一只爪子挠着地面。他眼睛并不看对方,而是看着刨土的脚。要发动攻击吗?还是按兵不动?对手太强大了,搞不好会败得很惨。刨地这个动作表现了他的这番心理纠葛。

狼抬起头,发出呜呜的低吼声。就像是要呼应狼似的,驼鹿也开始用脚刨地了。小石子被鹿蹄踢飞了,脚撞击地面发出硬邦邦的"咔咔"声。

狼突然扭转身,灰溜溜地逃走了。

卡帕一直怀着忐忑的心情在树丛里观战。虽然最后

戛然而止的对决方式让人扫兴,但不管怎样狼逃跑了。卡帕终于松了口气,紧张的心情也放松下来,有气无力地卧在了地上。

驼鹿看了一会儿狼远去的背影,然后便若无其事地迈开了步子,连看都不看卡帕一眼。

卡帕先是呆呆地看着驼鹿的背影,当他看到驼鹿那庞大的身躯即将隐没在树林中时,胸中突然涌起一股强烈的不安和寂寞。

卡帕不顾一切地飞奔起来,追赶驼鹿而去。

面对气喘吁吁追上来的卡帕,驼鹿只是瞥了一眼,似乎并未放在心上,仍旧迈着不紧不慢的步子走着。卡帕跟在他身后,寸步不离。只是和驼鹿待在一起就能让卡帕心里踏实下来,就算遇见狼也不怕。刚才驼鹿那英勇的战斗身姿让卡帕如痴如醉。

如果不是偶然遇见了驼鹿,卡帕恐怕早就成了那只狡猾老狼的盘中餐了。仿佛被某种不可思议的缘分牵引着,卡帕跟在了驼鹿身后,而这件事决定了卡帕今后的命运。

驼鹿

会潜水的驼鹿

到了九月中旬，拉普兰已是一片秋色绚烂。这是被芬兰人称作"露丝卡"的季节。白桦林的叶子全都变黄了，满目都是耀眼的金黄色。花楸在一片金黄色中点缀出一团团绯红，就像一盏盏红灯笼。小鸟们一边叽叽喳喳地啼叫着，一边啄食花楸的红色果实。

金黄色的树林里，大地上五颜六色，就像一幅彩色抽象画。林中的地面上鼓起了一个个像山丘似的小包，就像是下过雪一样，那些是驯鹿苔。阳光透过树梢照进森林的日子里，白色的驯鹿苔银光闪闪，让人联想起镶嵌着黄金和白银的奢华宫殿的大厅。

蓝色、红色、黄色、棕色——各种颜色的灌木织成了一块彩色地毯，铺在大地上。低矮的灌木丛是黄色的地毯，然后是黑北极果绯红色的三角形地毯，绿色的越橘地毯，还有柳树灌木丛勾勒出红色的图案。

其中，点缀着许多浆果类植物，有越橘果实、笃斯越橘的黑色果实、蓝莓的紫色果实，还有岩高兰黑珍珠般的果实。这对动物们来说，简直就是一座豪华的餐厅。

森林里传来红松鼠啃食云杉果实的干巴巴的声音，他们正在为过冬做准备。卡帕听着这惬意的声音，尽情地吃着浆果和柳叶。

走下斜坡，是一块湿地，那里生长着一大片厚厚的苔藓，颜色艳丽夺目，令人精神一振。这片红色苔藓就像被迸出的鲜血染红一般，紧挨着它的是黄色、鹅黄、墨绿和粉色的苔藓，五颜六色的苔藓交织在一起，组成了一幅梦幻般的风景。

棕褐色的雪兔在这片彩色地毯上吃着苔藓。驼鹿和卡帕出现了，雪兔稍稍抬起头，看了一眼，发现是没有危险的动物，便又低头吃起了红色苔藓。因为嘴里衔着苔藓，雪兔嘴巴变成了红色。

卡帕见状也吃起了红色苔藓。水分太多了，不怎么好吃——卡帕这样想着，抬起了头，这时他看见一个巧克力色的动物藏在灌木下面，那是松貂。松貂静静地穿过草丛，悄悄向雪兔靠近。

由于松貂藏在草丛里，从雪兔的方向是看不见松貂的。不过卡帕个子高，能够从上方俯视，所以松貂的一举一动都看得十分清楚。松貂应该不会袭击比自己体形高大的卡帕，不过卡帕仍然有些紧张，一直在观察松貂的动静。

松貂蹲在白桦灌木丛红黄色的树叶下观察了一会儿情况，突然以迅猛的冲刺速度扑向雪兔。

雪兔向后瞄了一眼，立刻全速飞奔起来。

松貂跟在雪兔身后紧追不舍，他们经过之处，红色、绿色和黄色的苔藓叶片在空中飞舞，形成了一道彩虹。当彩虹消失的时候，猎物和捕食者已经像两团褐色的子弹一样消失在草丛里了。

驼鹿对发生在眼前的这场生死搏斗似乎毫不关心，只是不停地大嚼着红色和黄色的苔藓，看起来这是他爱吃的食物。不过卡帕不喜欢这种味道，便去找浆果类吃了，他更爱吃甘甜的果汁。

穿过被色彩绚烂的草木点缀得如诗如画的美丽湿地，走过一片金光闪闪的白桦林，出现了一个小小的湖。

湖岸附近的清澈水面上生长着类似芦苇的草。驼鹿迈着大步，毫不迟疑地走进水里，吃起了水草。

卡帕被驼鹿大胆的举动吓了一跳，目不转睛地盯着他。

透明的水里，鱼儿在欢快地游着。

驼鹿突然把他的长脸扎进了水里，好像在吃什么东西。

"难道是在吃鱼？"卡帕觉得奇怪，向前走了两三步。

卡帕的脚走进了水里，感觉凉凉的，很舒服。卡帕也学着驼鹿的样子，吃起了露出水面的像芦苇似的植物。吃在嘴里很粗糙，口感不怎么好，不过味道还不错。然后，一想到自己从没吃过水里的食物，卡帕的好奇心上来了，试着捞了一片水草吃。虽然味道很清淡，但是很美味。卡帕越发觉得有趣了，高兴得四处捞了浮萍大吃起来。

"咔吧！"一声巨响打破了宁静。

受惊的绿头鸭慌慌张张拍着翅膀飞走了。

那是什么声音？卡帕回头一看，发现水面上出现了很大的波纹，驼鹿不见了。"他去哪儿了？是早就上岸了吗？已经回到森林里了吗？"卡帕感到了不安，看了看四周，哪里都看不到驼鹿的影子。如果上岸了，应该会听到声音，自己不可能毫无觉察。

卡帕完全被搞糊涂了，慌了手脚，他一直盯着不断扩大的波纹。

"这个波纹是不是驼鹿叔叔沉到水里后形成的呢？

不,不可能。"这个想法在脑中一闪而过,卡帕慌忙打消了这个念头。

卡帕越发慌神了,再次变成孤零零一个的恐惧和孤独感让他陷入了强烈的不安。

卡帕以最快的速度冲向岸边,当他的前足踩上岸边的水草时,身后的水面传来一声轻微的"咔吧"声。

卡帕心中一惊,连忙扭头看,只见水面上出现了一道道又大又圆的波纹,圆心处突然有动物冒出了头——那不是驼鹿叔叔吗?他甩了甩雄伟的鹿角,水滴顺着鹿角滴落下来,闪烁着珍珠般的光泽。

驼鹿大约在水里潜伏了两分钟。他是草食性动物,

潜水并非为了吃鱼或贝类,他最喜欢吃水底的藻类。

卡帕虽然不知道驼鹿叔叔为什么钻到水里去,不过叔叔总算是完好无损地回来了,他顿时觉得很欣慰。

驼鹿叔叔在湖面上悠然自得地游着,时不时潜入水中。过一会儿,他又会把头露出水面,嘴巴一动一动的。他的确是在吃什么东西。原来潜入水里是为了吃好吃的——卡帕渐渐明白了。

看到驼鹿叔叔愉快又精力充沛的样子,卡帕之前的不安消失了,心里不由得高兴起来。

卡帕毫不犹豫地走进水里。刚才水面到达了膝盖,这次他也不害怕了,一直向前走,直到整个身体都泡在水里。

不可思议的是，他一点儿都没觉得危险。卡帕继续前进，好像这是理所当然的。他想走到驼鹿叔叔身边。

他的身体自然浮了起来，前脚和后脚互相配合着前后移动，开始用"狗刨"的姿势游了起来。

这是卡帕第一次游泳。把头向上扬起，将鹿角高高顶向空中，在水里游泳，是一件十分惬意的事。

一阵强风吹来。白桦树的黄叶在空中飞舞，纷纷落在水面上。其间还夹杂着红色的花楸叶片，红色叶片点缀在金黄色的湖面上，描绘出一幅色彩鲜艳的图画。

卡帕走进金黄色的水面，拨开黄叶在湖中畅游。

天空蔚蓝清澈，太阳散发着温暖的光辉，金黄色的水面看起来更加耀眼了。卡帕心中涌起了一种特别自豪的心情。有驼鹿叔叔相伴的踏实感觉，和第一次游泳的快感，让卡帕的心感觉特别充实。

花楸

独自生存的力量

转眼到了九月中旬。在旅行途中,卡帕有时会遇见雌鹿群落,或是过着独居生活的雄鹿。不过卡帕并不打算加入他们。卡帕已经三岁半了,鹿角也长长了,已经有九十厘米长,角上分出了十六根枝丫。

卡帕告别了幼年时代,成长为一只青年雄鹿,踏上了自立的道路。雌性驯鹿即便进入青年期,也会聚在一起组成雌性群落,只有在发生特殊情况时才会独自生活。然而,雄鹿的生活方式与雌鹿不同,原则上是要独自生活的。有时候，年轻雄鹿们会聚在一起组成雄性群落，不过这只是暂时的，很快就会解散。

卡帕一直跟在驼鹿叔叔身边，所以丝毫没有不安的感觉。现在的他，一点儿都不需要雄性驯鹿伙伴。

不过驼鹿叔叔有些奇怪，平时的温柔不知去哪儿了，总是很焦虑。晚上睡觉的时候，卡帕向驼鹿叔叔凑过去想要取暖，要是在平常，驼鹿不会流露出任何厌恶的神情，有时还会用脖子搂住卡帕。可是现在却不一样了，卡帕刚凑上去，就会被他厌烦地推开，还不止一次地被踢开。

驼鹿的体形不知什么时候也发生了变化。脖子变粗了，肩上的肌肉高高隆起，看起来更加威猛了。目光变得犀利，让人害怕。

呼出的气息粗乱，有时会发出低吼声，急匆匆地行走，有时又像是在寻找什么东西似的，突然停下来左闻右闻，转着耳朵捕捉周围的声音。

卡帕被驼鹿叔叔这突如其来的变化惊得目瞪口呆，只能战战兢兢地跟在他身后，提醒自己千万别惹他不高兴。

让卡帕惊讶的是，驼鹿叔叔一整天都不吃东西。每当卡帕肚子饿了停下来吃草的时候，叔叔仍然一直不管不顾地向前走。卡帕已经饿得浑身没有力气了，可是什么也没吃的驼鹿叔叔却能走得那么快，这究竟是怎么回事呢？卡帕觉得太不可思议了。

还有更奇怪的事呢。

驼鹿叔叔竟然往脖子下面垂着的颔囊和肚子上撒尿，而且他撒的尿和平时的尿不一样，出奇地臭。他这是要干什么？难道不觉得臭吗？

要是发现了浅浅的水塘，驼鹿叔叔会用脚把泥巴拢到一起，然后躺在泥巴堆上使劲扭动身体，让整个身体都沾满泥浆。这是裹泥巴的行为。驼鹿把尿液撒在泥塘里，把尿液和泥浆混合在一起再涂满全身，这个举动着实让卡帕吓了一跳。

卡帕会被吓到也在情理之中，因为驼鹿现在进入了发情期。雄性为了吸引雌性的注意，会在身上涂满尿液。雌性一闻到这种气味就会兴奋，不过这种效应只对雌性驼鹿起作用，身为驯鹿的卡帕只会觉得太臭太难闻了。

当他们来到一棵火红的花楸树下时，驼鹿叔叔停下脚步，高高扬起头，鼻子在空中嗅啊嗅。

他深吸了一口气，使劲闻了闻，然后发出像吹喇叭似的大叫声，径直奔跑起来。

卡帕被弄得一头雾水，不过还是紧跟了上去。

一只雌性驼鹿站在树林中。她头上没有角，体形较小，一眼就能看出是只雌鹿。雌驼鹿一直在朝这边看，突然发出了带有鼻音的大叫声。

驼鹿叔叔缓缓走着，发出低沉有力的叫声，向雌鹿靠近。

雌鹿装作漠不关心的样子，眼睛直视前方。她竖起耳朵，眼睛闪着亮光，能看出来内心十分紧张。

卡帕终于理解了驼鹿叔叔的行为，原来他是在四处寻找雌性伴侣啊！驼鹿叔叔满脑子都在想着找一个漂亮女朋友，早就把卡帕忘在脑后了。这就是驼鹿叔叔突然对他冷冰冰的原因，卡帕总算是明白了。

卡帕的心情顿时变好了，他开始观察驼鹿叔叔的行为。接下来会如何发展呢？雌鹿会采取什么行动？

与卡帕的预料相反，雌鹿向后一转身，大踏步地走了起来，驼鹿叔叔立刻跟了上去。

第二天，又传来了低低的叫声。驼鹿叔叔停下脚步，发出像咳嗽一样的声音。这是警戒的叫声。

树丛里出现了一只体格健壮的雄性。那只雄鹿和驼鹿叔叔的体形差不多，不过看上去脾气比较暴躁，这一点和性格稳重的叔叔不同。他巨大的鹿角上还残留着一点儿鹿茸，有血渗出来，给人一种十分残忍的感觉。

驼鹿叔叔瞥了雄鹿一眼，就像没看见他似的，去追雌鹿了。不过卡帕知道，驼鹿叔叔其实很紧张，内心充满了警惕。

长着鹿茸的雄鹿突然挡在他们面前，摆出要攻击的架势。驼鹿叔叔前脚用力蹬地，盯着对方。

两只雄性驼鹿之间弥漫着浓浓的火药味。这是气势的战斗，谁先把视线移开谁就输了。

两只驼鹿几乎在同一时间站了起来。

他们将前脚伸向前方,做出打拳击的姿势。不过,驼鹿们不会打出什么上勾拳。要是贸然出手,搞不好会被对方钻了空子。

做出站立的姿势只是为了震慑对方,两只驼鹿再次面对面对峙了起来。

像是接到了某个信号,他们突然向对方冲了过去,长着巨大鹿角的脑袋"砰"地撞到了一起。卡帕听到了坚硬的鹿角撞击的声音。

他们很快又分开了,走到大约相隔三四米远的地方,停下来互相瞪着对方。瞪得差不多了,又再次冲上去撞在一起,鹿角缠绕在一起互相推搡。

雄性驼鹿身材雄伟,体重能达到八百公斤。他们使尽全身力气进攻、拼死战斗的壮观场面让卡帕兴奋不已,看得入了迷。他们似乎势均力敌。

卡帕特别希望叔叔能获胜,他急得坐立不安,走来走去。

雌鹿在干什么呢?卡帕偷偷瞄了一眼,只见雌鹿隐藏在白桦林中,正在观看两只驼鹿的战斗。她好像不打算支持任何一方。

战斗了五个回合之后,事情发生了转折。

叔叔头也不回地逃了起来。一直认定叔叔会赢的卡帕被眼前突如其来的败北弄蒙了,呆呆地看着叔叔逃走的背影。

获胜的长着鹿茸的雄鹿发出带着鼻音的叫声，奏响了凯歌，迈着欢快的步伐朝雌鹿跑去。

雌鹿迈开了步子，他便一路低声吼叫着跟在后面。巨大的鹿角晃来晃去，像是在炫耀自己的胜利，即将脱落的鹿茸被甩得四处飞散。

胜利者的步伐强劲有力，举手投足间都流露出骄傲。与此相对，灰溜溜逃走的叔叔的背影是多么的寒酸窝囊！甚至觉得他整个身体都小了一圈。卡帕心里充满了不甘和耻辱，十分沮丧，可是看着白桦林里叔叔那没精打采的背影，他的内心发生了神奇的变化。"我要变强大。我想变得强大起来！"这个想法就像清澈的泉水在卡帕的心中喷涌而出。

乍看上去，两只驼鹿实力不相上下。只要叔叔再努努力，应该就能赢了。可是为什么他这么快就放弃了？"叔叔真没出息！"卡帕在心里大喊。

叔叔的肩膀也垮了，走起路来垂头丧气，那样子实在可怜。不能让叔叔独自待着——这个念头越来越强烈了。卡帕已经喜欢上叔叔了。

卡帕猛地抬起头，朝着叔叔消失的森林飞驰而去。

驼鹿叔叔仍然热衷于追女朋友。虽然他对跟在身边的卡帕漠不关心，不过倒也没觉得卡帕碍事。

第三天，叔叔突然停下脚步，伸直了脖子，竖起耳朵。他浑身都紧张起来，转了转耳朵。驼鹿的耳朵可以旋转一百八十度。

看到叔叔这个样子，卡帕也不由得紧张起来，竖起了耳朵。

他隐约听见了狗叫声。一阵风吹来，身后清楚地传来狗叫的声音。

驼鹿叔叔顿时大惊失色，憋足了全身的力气拼命奔跑起来。

卡帕也不甘示弱地跟了上去。

马上就要下雪了，到那时萨米人就会开始活动了。他们能踩着滑雪板去很远的地方。到了十月，他们会开始赶驯鹿。为了做好准备，萨米人现在出来调查驯鹿的分布情况。

对驼鹿来说，可怕的敌人有三个：狼、棕熊和人类。

如果和狼单打独斗，驼鹿不会输，但若是被狼群围攻就危险了。棕熊是驼鹿的劲敌。如果遇上了棕熊，除了逃跑别无办法。幸运的是，论速度还是驼鹿更胜一筹，所以只要早些发现敌人就没问题。

最可怕的敌人是人类。他们有猎枪和猎犬这两个武器，所以就算离得远也绝不能大意。在这一点上，对人类的警戒方式和对棕熊、狼的方式必须区别开来。

萨米人特别喜欢狩猎驼鹿。驼鹿体形庞大，一只就能收获大量的肉，而且十分美味。鹿皮和鹿角也很有用。驼鹿的皮鞣过以后摊开，大概只需要四五张皮就能铺满拉屋的地板。鹿角则可以成为制作刀叉等餐具和装饰品的上好材料。

那是在三年前的冬天。驼鹿叔叔被两个人类和五只猎犬袭击，屁股上中了一枪。所幸子弹只是打穿了肌肉，伤口不是很深，总算是成功逃脱了。不过从那以后，他对人类尤其警惕。

当时，他彻底领教了猎枪这个远距离武器的厉害。一旦人类走到可以让自己看清楚的距离，这个时候就很危险了。必须在人类出现在自己视野里之前察觉对方的存在，这就得依靠耳朵和鼻子这两个武器。

驼鹿的听觉和嗅觉都很敏锐。不过，这两个武器也有局限，那就是风。尤其是气味，当敌人位于上风向的时候嗅觉武器特别管用，可是下风向的话就很难捕捉了。

的确是狗叫声，卡帕也听出来了。不过那声音是从很远的地方传来的，卡帕觉得没什么危险，很放心。

驼鹿叔叔突然跑起来了。别看他身躯庞大，可是跑起来基本没什么声音，跨越障碍物的时候动作也很灵巧。据说驼鹿全速奔跑的话时速能达到五十六公里，所以即便不怎么用力奔跑，速度也不会慢到哪里去。

究竟要跑多久啊！卡帕心里正想着，这时候他看见叔叔终于停下了脚步。叔叔发出低沉的咆哮声，朝水塘里撒了泡尿，然后躺在地上，开始往身上裹泥浆。

从泥巴地里出来后，驼鹿叔叔抖了抖身体，把身上的泥浆甩得四处飞溅，然后又若无其事地迈开了步子。从他身上，既看不到战败后一蹶不振的样子，也看不到拼命从人类那里逃跑的态度。现在的他，只是一只追求雌性的勇猛雄性。

卡帕觉得驼鹿叔叔的行为实在是不可思议。不过他突然悟出了什么，逃跑的时候一直盘旋在脑子里的疑问终于解开了。

卡帕一直不明白驼鹿叔叔为什么那么快就放弃了和长着鹿茸的雄鹿的战斗。只要再坚持一会儿，心仪的雌鹿就能追到手了，为什么没能坚持到最后呢？叔叔和对手可谓旗鼓相当。获胜的一方战斗意志肯定更强。而现在，叔叔听到狗叫声以后竟然逃到这么远的地方——这件事一下子解开了卡帕心中的疑问。

一直以来，驼鹿叔叔的生存准则是想方设法避开危险。和雄性驼鹿交战时，如果他再努把力应该就能获胜了。可是，那样的话他一定会负伤，搞不好还会身受重伤，断送了性命。如果胜利要付出这么大的代价，还不如把胜利拱手相让，完好无损地退下阵来。不用急这一时，雌鹿还有很多，总会有机会的。

一听到远处的犬吠声就逃到这么远的地方，这也是出于同样的考虑。是他根据以往的经验，从人类的狩猎方法那里学到的教训。人类很聪明，会在远处把狗放出来包围驼鹿。猎人身旁的猎犬负责吼叫，吸引驼鹿的注意力。放出来的猎犬绝不会发声，而是静静地缩小包围圈。驼鹿不知道这个看不见的圈套究竟设在哪里。为了逃出这个圈套，他只能用最快的速度狂奔，一直逃到安全的地方。这就是叔叔采取的战略。

为了能顽强地活下去，不能一味地强攻占据比对手有利的地位，否则总有一天会受挫。有时候，懂得逃跑也很重要，忍耐、承受，强化自己的精神承受能力也是很有必要的。

卡帕觉得心中的那扇门敞开了，通向未来的路被照亮了。如此一想，原本在他眼里是"胆小鬼""窝囊废"的驼鹿叔叔顿时变成了内心无比强大的强者。

细细的雪沙沙地下着，这是个寒冷的早晨。等到了九月末，就会下大雪了。等积雪变厚，人类就会使用滑雪板和雪橇在雪原上自由驰骋。到时候，赶驯鹿活动就开始了。

这些事情卡帕并不记得。不过，每到开始下雪的时候，他心里就有些慌乱，这应该是因为他预感到赶鹿活动正在临近吧。

就在这样的天气里，某一天，他们遇上了一只身材健壮的成熟雌性驼鹿。

驼鹿叔叔兴奋地发出带有鼻音的叫声。雌性也微微抬起头，发出音调较高的哼哼声回应叔叔。

雌性似乎并不排斥驼鹿叔叔。

驼鹿叔叔兴冲冲地凑了上去，雌鹿向后转身，背对着驼鹿叔叔。驼鹿叔叔把鼻头凑到雌鹿的屁股上闻了闻，然后两只驼鹿十分恩爱地肩并肩地走了起来。

卡帕没有跟上去。

他四脚使劲蹬地，像是要把自己埋在地里，目不转睛地看着那对驼鹿远去的背影。

一股他从未体验过的、莫名其妙的冲动涌上心头。说是勇猛也好、威严也好，总之就是一种身为青年雄性的自觉，在心中燃起了明亮的火焰。所谓生存的力量，就是作为一个堂堂正正的青年雄性，不依靠任何人，拥有独自生活下去的能力。

透过远处的树林，卡帕看见了一个驯鹿群落。其中也有朝气勃勃的年轻雌性的身影。卡帕迈着年轻驯鹿特有的活泼的步伐，朝那个群落走去。

那天晚上，绚丽的极光布满了天空。极光如火焰般在空中燃烧，勾勒出森林的黑色剪影，就像一幅水墨画。红色、蓝色、黄色，还有各种各样的色彩混合在一起，在夜空这块画布上绘出美丽的图案。那是庆祝卡帕走上青春之路的天空盛宴。

矮柳芽

用水遁法逃命

卡帕四岁了。

沐浴着五月初的温暖阳光,花儿一齐开放。

米艾希们陆陆续续出生了。

卡帕加入了十几只雌鹿组成的鹿群。鹿群里也有米艾希出生,到处都是母鹿和幼鹿此起彼伏的呼唤声,很是热闹。

卡帕正在吃矮柳的嫩叶,突然他伸长了脖子,动了动耳朵。他的耳朵雷达捕捉到了类似犬吠的声音。

雌鹿们丝毫没有警惕,在春日阳光下悠闲地吃着青草。就算听到狗叫声,她们大概也会把这当成日常的一部分忽略掉吧。这一点就是回归野性的卡帕和她们不同的地方。

卡帕的预感成真了,刺耳的狗叫声里有人类的声音。卡帕迅速跑出鹿群,迈着轻快的步子跑向与人声相反的方向。

"库巴,你看见了吗?"

弯着腰的奥拉维问旁边的男人。那个男人个子很高,脖子上戴一条蓝底红黄色竖条纹的围巾,拼命克制住声音里的兴奋,压低嗓门说:

"看见了。那就是传说中的梦幻卡帕吧!从没见过这么漂亮的驯鹿!"

那个叫库巴的男人双颊微微泛红,一脸陶醉的表情。他握紧腰间的短刀,低声说:

"做吗?抓住的话能赚一大笔呢。"

"嗯,做。先看看能不能抓活的。要是不行,就一枪结果了他。要是活捉了他,就能把他当种鹿卖了赚一大笔钱。要是杀死了,就先去喝个痛快,然后去还债。"

"就这么干。不过,刚才不该让狗叫啊。"库巴摸了摸身边猎犬的脑袋。

"嗯,对了,风向合适吗?现在是北风,既不在它的上风向也不在下风向。猎犬可能已经闻到它的气味了。不过，不知道卡帕有没有听见狗叫声。"

奥拉维透过树丛看着远处的驯鹿，自信地说道。

"咦？卡帕已经不在群里了。是不是他发现我们了？"

"得快点行动了。咱们再怎么追也追不上，得放狗。奥拉维，你指挥吉吉从右侧包抄，我让基利从中间追捕，让耀西从左侧包抄，咱们从三个方向包围它。"

"好！明白了！"

奥拉维刚想铆足了劲儿带着吉吉出发，却被库巴制止了。

"笨蛋！这样会立刻被他发现的！你得把自己藏好，同时尽可能地接近目标。头太高了！弯腰！快！"

库巴小声呵斥奥拉维。奥拉维是个性格耿直、精力充沛的青年，不过有时候会轻率贸然地采取行动，导致失败。要想成为一个独当一面的萨米人，学会忍耐是很重要的。还必须具备当机立断、不达目的誓不罢休的信念和行动力。在这一点上，奥拉维还需要多加修炼。

两人带着猎犬兵分两路，利用地形和树丛作掩护，一路追踪卡帕。

晴朗的天空突然变得阴沉沉的。北方出现了黑云，可能要下雪了。在极北地区，即便到了五月、六月，有时也会发生剧烈的天气变化，刮起猛烈的暴风雪。

卡帕边跑边动用鼻子和耳朵这两个雷达，不过后来并没有察觉什么异常。糟糕的是，风向完全变了。风从北方吹来，那是卡帕要去的方向。因此对于卡帕的后方，雷达基本起不了什么作用。相反地，这对库巴和奥拉维来说是十分有利的条件。

卡帕完全不知道两个萨米人和三只猎犬正跟在身后，放松了警惕，步子也慢了下来。他一边吃着美味的嫩叶，一边缓缓前进。

小溪的岸边有一片矮柳丛，卡帕特别喜欢吃这种植物的嫩叶。秋天时树叶会变成美丽的红叶，不过发芽的时候叶子是鲜艳的绿色，柔软又带点甜味儿，特别好吃。他好久没见过矮柳丛了，高兴地大吃起来，不知不觉放松了警惕。

库巴处在下风向，这个有利条件帮了他，一切都在按照作战计划顺利进行，库巴不由得心中一阵窃喜。两百米之外，有一只浑身长着耀眼的银白色毛发的卡帕。

库巴实在是太激动了，甚至眩晕了一下，他深吸一口气，目不转睛地盯着卡帕。

"就是现在！"库巴高高举起手中的棍棒，慢慢地大幅度地挥舞起来。这是给奥拉维的暗号："放狗！"

库巴立刻把基利和耀西放了出去，基利直奔卡帕而去，耀西则从左侧包围。与此同时，右侧的奥拉维也放出了吉吉，对卡帕形成了三方包围的态势。

三只猎犬一齐奔向猎物，库巴和奥拉维也追了上去。已经没必要隐藏了，是时候和银白色驯鹿决战了。

卡帕大吃一惊，突然冒出来两个人和三条狗，冲他飞奔而来。

卡帕在最短的时间内弄清了状况，迅速转身，开始飞速逃窜。三个方向都被包围了，所以逃走的方向自然就决定了。

右边有一片白桦林，可是那里有人和狗。远处隐隐约约有一片森林。如果逃进森林里，就能比较容易地甩掉他们。先逃到那里再说吧，总会有办法的。

卡帕体力旺盛，奔跑速度快，跑步实力超群。要是有驯鹿赛跑，卡帕一定会拿到短跑和中长跑的冠军。

不一会儿，他就把猎犬甩在了身后。三只猎犬时不时地吼叫几声，互送信号，巧妙配合，一直维持着三方包围圈。

不过，卡帕一路疾驰，冲出了三只猎犬的包围圈。是应该一直朝前跑甩掉他们呢，还是应该拐弯呢？卡帕有些犹豫了。

前方出现了一个缓坡。翻越这座山坡之后，应该就能逃出他们的视线一阵子，然后再决定往哪个方向跑吧，这样他们就不知道他逃跑的方向了。卡帕高兴起来，加快脚步，跑上了那座长着青草的缓坡。

啊！卡帕一下子停住了。山坡下方是一片碧波荡漾的湖水。

卡帕打算沿着湖选择一个方向逃跑。不过，事情不会那么顺利。不管是哪条路，路上都长满了灯芯草和木贼，这就表示那是一片湿地。如果冒冒失失地闯入湿地，脚会陷进沼泽里，身体会动弹不得，正好能成为猎犬们的食物。

正当卡帕左右为难的时候，猎犬们已经来到了山坡上。

一只狗站在山坡顶上，另外两只各自守住左右两个方向，距离卡帕只有三十米。猎犬们像是炫耀胜利似的大声吼叫起来，看来人类很快就会赶到。

卡帕被三只狂叫的猎犬包围了，背对着湖和他们对峙。该如何渡过眼下这个穷途末路的危机呢？

办法只有一个：向山坡上的猎犬发动攻击。猎犬身后是两个人类，估计他们会扔套索过来，到时候能不能逃脱就看自己的运气了。不过，卡帕有一个有利条件。他的鹿角在一月时脱落了，新的鹿角刚刚长出来。如果是大的鹿角，想要摆脱套索就没那么容易了。

卡帕听到了人的声音，他们肯定走到山坡下面了。就在这时，卡帕的脑子里突然蹦出来一个异想天开的想法，更准确地说，是脑海里闪过了驼鹿叔叔的脸。

卡帕迅速转身，跳进了湖里。水花飞溅，几只受惊的野鸭拍着翅膀飞上了天。

很快，山坡顶上出现了人影，库巴冲着猎犬大吼："给我追！"

三只猎犬一起跳进湖里，拼命追赶卡帕去了。

奥拉维掏出枪，想要瞄准卡帕。

"慢着！打死他的话就沉底儿了，捞都没法捞。得用石头打。"

库巴捡起石头，瞄准卡帕扔了出去。

奥拉维扔出去的石头砸中了卡帕的头，卡帕的脑袋猛地歪向一边。

"干得好！就是这样！把他打得变虚弱了，这样狗就能追上他了。不过，可不能让狗杀了他啊。"

后脑勺被石头砸了一下，卡帕有一瞬间失去了意识，似乎是脑震荡。他很快恢复了，不过速度变慢了。

幸亏其他石头都砸偏了，可是猎犬吉吉追了上来。

听到吉吉兴奋的叫声，其他两只猎犬也渐渐逼近了。岸上的人类在大声喊叫。

卡帕突然潜入了水中，这也是跟驼鹿叔叔学的。

意外的是，湖很浅，水深四米左右，卡帕的脚踩到了湖底。

卡帕用后脚猛地蹬了一下湖底，他的身体一下浮了起来，以惊人的速度向前游去。

当脚再次触到湖底时，卡帕又像上次一样用力蹬了一下。

他觉得有些喘不过气来，便从水面露出头来，喘了口气。天哪！他竟然已经游到了距离猎犬五六十米远的地方。

水深的地方用这样的方法是行不通的。卡帕采用潜水游法，尽可能长时间地潜入水底逃跑。

卡帕不断重复这个办法，终于摆脱了猎犬。可是由于不适应潜水游法，他也累坏了。

猎犬们由于不知道卡帕会在哪里露出来透气，都分散开了，各自找了一个卡帕可能会出来的地方，守在那里观察情况。

由于疲倦，卡帕失去了方向感，判断力也下降了。他原本觉得一直朝前走应该没问题，但是却突然不安起来。猎犬们都很聪明，说不定他们在追赶的过程中已经预测好卡帕从哪里露头，正埋伏在那里呢。

卡帕改变了方向，向右边游去。他露出水面换了口气，不禁倒吸了口冷气，简直是当头棒喝——在他眼前就有一条狗！

猎犬基利也吓了一跳，不过猎犬的本能立刻被唤醒了，叫了一声，便朝卡帕扑了过去。

已经来不及逃跑了，卡帕噌地跃出水面，用前脚坚硬的蹄子照着基利踢了下去。

这一击正好击中了基利的脑袋。基利的头被踢裂了，当场死亡。脑浆随着鲜血流出来，染红了水面。

在山坡上目睹了这一切的库巴立刻吹起了口哨，发出了"回来"的信号。

吉吉和耀西停止了追击，朝岸边游去。

湖水中央，卡帕朝着和猎犬相反的方向游去。

"败给他了。虽然知道驯鹿擅长游泳，不过没想到他会潜水。而且竟然用那种突袭的方法杀死猎犬，真是不简单啊！基利太可怜了。"

奥拉维惋惜地说着，用手抹了下眼角。

"看来他不是一般的驯鹿啊。有传言说是来自乌尔塔的国度，看来是真的。"

库巴双臂抱在胸前，哼哼唧唧地说道。

后来，吉吉因为浸泡在寒冷的湖水中得了感冒，感冒恶化成了肺炎，最终没能治好，死掉了。奥拉维也发烧了，咳嗽个不停，有好一阵子身体状况不好。应该是感冒了，不过人们都传言说，这是因为他要抓捕神圣的卡帕，遭到了诅咒。

这件事发生后，卡帕对人类变得高度警惕起来。他也深刻地体会到，疏忽大意是最可怕的。听到狗叫声立刻逃跑是对的，不过跑的时候速度太慢，路上又被矮柳叶诱惑放松了警惕，这就不对了。只要察觉到人类的气息，必须放下一切立刻全速奔跑，能逃多远逃多远——卡帕在心中对自己说。

用水遁法逃命

旅鼠

北极冻原上的集体死亡

希塔的夏季转场开始了。为了避开暑热以及叮咬的蚊子和蛇,要把希塔转移到凉爽的山上或面朝北冰洋的冻原地带。

这个时候萨米人的活动较为频繁,所以卡帕特别注意观察他们的一举一动。卡帕已经五岁了,很擅长做这类事情了,他就像忍者一样,巧妙地隐藏了自己,瞒过了萨米人的眼睛。

卡帕决定今年不上山了,要去北方。一到夏天,萨米人就会把希塔集合在一起向北方迁徙。一定会有好事发生——卡帕跟随自己的好奇心和本能,向着北方出发了。

越过芬兰国境后,就进入了挪威的领地。卡帕当然不会关心什么国境,他只是一直向北走。

穿过云杉树林,继续向北前进,来到了一片生长着灌木的草原。走过这片草原,便是一望无际的寂寥大地。这就是冻原地带。

这里长满了苔藓和地衣类植物,零星散布着一些禾本科植物。走在地上,脚会陷进地里,有水渗出来。

北风很大。这里有很多蚊子,不过都被北风吹跑了,所以在这里待着很舒服。风有一股奇怪的味道,鼻子能感受到一种从未体验过的轻微的刺激。张开嘴,风钻进嘴里,能尝出有一点儿轻微的咸味儿。

风是从北冰洋吹来的,这是卡帕第一次体验海风。

让他开心的是,这里生长着他最喜欢吃的驯鹿苔。在饱经海风吹打的山坡上和突起的地方,会有岩石露出来,或者变成遍地石头的荒地。不过在那些低洼地和山谷之间的沟壑里,仍然生长着不高于膝盖的低矮的柳属植物、圆叶桦等灌木。苔藓类和地衣类遍地都是,食物很充足。

面向北冰洋的土地,夏天有北风吹来,冬天则会迎来从内陆吹来的带来寒冷气流的南风。因此,夏天的气温也不超过十摄氏度,冬天则是零下二十摄氏度到零下三十摄氏度的极寒地带。

地面以下几十厘米的地方,是永久冻土地带。所谓永久冻土,就是全年冰冻的大地,从十万年前的远古时代至今从未解冻过,有的地方甚至有几百米深。能在西伯利亚地区挖掘出保持活着时候样子的猛犸象,就是因为它被埋在了永久冻土层里,这就像是在冷库里保存了一万多年。

初夏,雪融化的时候,青草、鲜花会一齐苏醒,昆虫也同时开始活动,这是有原因的。

春天来到时,阳光开始变强,积雪下面的大地渐渐变暖,地表的积雪开始融化。积雪下面出现了空洞,雪变成了屋檐,形成一个温室。温室里的温度比大气中的温度要高十摄氏度左右。于是,植物开始发芽,为生长做准备,土里的昆虫也开始活动了。

雪融化以后,晚春的阳光照在大地上,熬过了漫长冬天的植物和虫子们就像是站在起跑线上等待发令枪的赛马一样,一股脑儿地绽放了自己的生命,花儿开了,虫子在空中飞舞。曾经满目荒凉的冻原地带顿时画满了各种色彩,变成了一张五彩斑斓的彩色地毯。

在这场生命的盛宴里,自然也少不了从冬眠里醒来的旅鼠和啮齿类动物。他们跑来跑去,四处活动,还有从南方飞来的大天鹅、绿头鸭、绿翅鸭等水鸟在湖面上游来游去，小鸟们也开始叽叽喳喳地鸣叫了。

对于忍耐了整整一个冬天的北极狐、赤狐、白鼬这些食肉动物来说，春天也是一个收获的季节。

卡帕便是在这样一个热闹的季节从南方来到了这里。在这里不会遇上可怕的棕熊，狼也几乎不会来。驯鹿苔虽然很小但是遍地都是，对于驯鹿们来说，夏天的冻原是一片乐园。不过，只有米艾希例外，他们有时会遭到狐狸和猞猁的袭击，唯有这一点不能大意。

雌鹿和幼鹿组成的小群落随处可见。卡帕随意出入这些鹿群，自由自在，好不快活。

一天晚上，卡帕看见了神奇的东西。

虽说是夜晚时分，不过在冻原的极昼，太阳并不会降到地平线以下。

每天天空都有许多云彩，就算是白天，太阳也很少出来。而且，极地的夏天虽然温度很低，可是湿度却很高，空气中的水分几乎呈饱和状态。热带一般是高温多湿，但是在冻原地带，却变成了低温多湿这种不合规则的气候。

即便是深夜，大气中也像飘着乳白色的云彩似的，暧昧得让人分不清早晨、中午和傍晚。就是在这样一个深夜，卡帕看见了一个神奇的东西。

在长满了青灰色苔藓的冻原上，伫立着一个个五六十厘米高的白色物体，就像是用雪堆成的雪人。

卡帕觉得嗓子干，就想吃掉那些雪球解渴。他向前走了五六步，雪球突然飘浮到了空中。

卡帕大吃一惊，只见那个白色的雪球张开长达一百五十厘米的雪白的翅膀，留下一串像笛声一样的尖厉的叫声，飞上了乳白色的天空。

这是雪鸮。它是一种栖息在冻原地带的鸮类，卡帕一直待在南方的森林里，所以从未见过这种动物。卡帕觉得自己像是在做梦，梦见了一只消失在极昼乳白色天空中的雪做成的大鸟。

"唧，啾，唧"，到处传来轻微的叫声，像黑鼠那么大的小动物四处窜来窜去，它们是栖息在冻原上的旅鼠。

与老鼠不同的是，旅鼠的尾巴很短，体毛有黑色、黄色和褐色等各种颜色。卡帕来到冻原地带第一次见到旅鼠，当时他只是想：这里也有像老鼠一样的动物啊。他没怎么太在意。只是它们待过的地方有一种奇怪的气味，卡帕不喜欢那个味道。

有时候卡帕会不小心踩到来不及逃跑的旅鼠。这时他就会闻到一股很臭的味道，那个味道在蹄子上会停留很久，这让卡帕很不高兴。旅鼠的脚掌和屁股上有一种腺体，能够分泌带有特别气味的液体。它们就是靠这个气味辨识同伴。

旅鼠在冻原的地下挖掘隧道，并把那里当作自己的窝。白天，白鼬、北极狐和鹰会抓它们，所以它们通常是夜晚活动。不过，要是到了极昼的季节，夜晚也不会太暗，所以对旅鼠来说是个危险的季节。

积雪很厚的时候，它们会将干草和苔藓搬运到地道里做窝，进入冬眠。等雪融化了，旅鼠就会从冬眠中苏醒过来，在满眼绿色的冻原上生儿育女。

卡帕有些困了。因为是极昼，四周很明亮，但实际上已经是深夜了。

卡帕很想睡觉，但是周围都是"唧唧"的叫声，大概是旅鼠产崽了吧。有时候风还会带来一阵阵臭味，刺激着卡帕的鼻子。看来卡帕所在的地方住着很多旅鼠。

卡帕想要换个地方，刚走了几步，突然有一个像一片白云似的东西悄无声息地以很快的速度从他眼前飞过。

卡帕吓了一跳，停住了脚步，那片白云飞去的方向突然传来一声刺耳的惨叫声："吱——！"

顺着声音传来的方向望去，只见一只雪鸮张着一双巨大的白色翅膀伏在地面上，白色肚子下面露出的两只爪子上牢牢地抓着一只旅鼠。

雪鸮一双金色的眼睛死死盯着卡帕，营造出一种妖媚的气氛。

旅鼠们的"聊天声"戛然而止，四周安静得让人害怕。这些旅鼠害怕雪鸮再次袭击，都钻到地底的洞穴里去了。

雪鸮用嘴撕裂爪子上抓的旅鼠，扯下脖子以上的部分吞进嘴里，然后很快吃完剩下的部分，悄无声息地飞上天空，消失在乳白色的天空里。

卡帕将这一幕从头到尾看在眼里，心情突然变得很奇怪。那种东西，能好吃吗？他歪着脑袋，心中涌起这个朴素的疑问。雪鸮脖子上沾上的血印子让他印象深刻，他觉得自己看见了特别讨厌的东西。卡帕用力奔跑起来，像是要甩掉这个念头。

卡帕决心回南方了。就在这个时候，他遇上了一件难以忘怀的神奇事件。

夏天早早结束了，秋天匆匆来临。匍匐生长在冻原大地上的草和苔藓变成了红色、黄色和各种各样的中间色，仿佛在大地上铺了一块画着美丽图案的地毯。

再磨蹭下去的话，冬天的先锋——暴风雪很快就会降临了。南方森林里折磨人的蚊子和虻应该已经消停了。卡帕打算回南方了，可是，就在他想回去的某个日子里，天气突然变了。

北风停了，内陆的温暖气候造访了冻土地带。乳白色的天空上厚厚的云朵被赶跑了，露出了醒目的蓝天。

这种天气偶尔会出现，让原本阴沉潮湿的冻原风景大变样。被红色和黄色浸染的大地沐浴着阳光，就像镶嵌了宝石般熠熠生辉。

沐浴着久违的温暖日光，卡帕心情大好，弯腿坐在苔藓上晒太阳。

因为太惬意了,卡帕不禁打起盹儿来。就在这时,他突然听见一种异样的叫声。

他竖起耳朵仔细听了听,那是旅鼠的声音,不过是大量旅鼠一起尖叫的声音,而且那叫声正在朝这边靠近。

卡帕一下跳起来,朝声音传来的方向望去。

他看见远处有一幅骇人的场景:无数旅鼠组成的巨大群落一边尖叫着一边朝这边跑来。

空中盘旋着许多大鸟,有矛隼、雀鹰,还有冠鸦、渡鸦等等,它们在空中飞舞着想要捕食旅鼠。

一边尖叫着一边像洪水一样涌过来的旅鼠大军,一眼望不到边际,像疯了似的推搡着拥挤着前行。

卡帕呆呆地看着这一幕,忘记了逃跑,瞬间就淹没在旅鼠的洪水中。

白鼬和北极狐也融进了这股洪流之中。对它们来讲,眼前有吃不完的食物,恐怕早就已经吃饱了,现在只是随着旅鼠大军前进。

卡帕被独特的气味和刺耳的鸣叫声包围着,朝着这股洪流流去的方向迈开了脚步。可是他每走一步都会踩到好几只旅鼠,那种感觉真是令他恶心。

旅鼠洪流的尽头是一个湖。旅鼠群落到达岸边后,便沿着湖岸分成两队,向左右两边跑去。不过位于队伍中央的旅鼠被后面的旅鼠所推挤,还没来得及逃跑就掉

进了湖里。它们在水中拼命挣扎,但是最后大多数都用尽了力气,溺死在湖里了。

这就是人们所说的"旅鼠的集体自杀"现象。可是,它们并不是自己主动选择了自杀,而是裹挟在无法逃脱的命运的洪流中,被推进水里的。

旅鼠通常会产下很多幼崽。它们居住在冻原这个极寒地带,看起来是天下最安全的地方,但是其实有很多天敌。面对敌人,弱小的旅鼠只能逃跑。不过,它们也有对策:尽可能多地产崽。只要活下来的数量比被吃掉的数量多,就能够维持种族的生存。旅鼠们采取的就是这种繁殖战略。

　　雌性旅鼠可以说是为了繁衍后代而奉献了一生。雌鼠出生两周后妊娠，怀孕十六天至二十三天以后，会生下五到八只幼崽，一年要产崽六到八次。但是，雌鼠的平均寿命很短，只有两年。假设有一万只雌鼠，每只每年产下六十只幼鼠，所有幼鼠都能够顺利长大，那么一年就会达到六十万只这个可怕的数字。

　　这个数字只是最大繁殖数目，实际上在幼儿时期死亡的不在少数，再加上天敌的活动、气候变动引起的植物生长状况变化等因素，最后得出的应该是一个很低的数值。

　　不过，旅鼠的繁殖能力十分强大，差不多每五年会有一次大繁殖，进行一场大迁徙。卡帕遇见的这场由于超级大繁殖引起的死亡迁徙，只是偶尔才会发生。不过白鼬和鹰等捕食者——也就是旅鼠的天敌在这个时候并不多，所以从结果来看，旅鼠们便走上了自杀这条路。

卡帕被旅鼠大军包围着，全然不知所措，只能随波逐流。

旅鼠大群落终于走了，卡帕像是丢了魂儿似的站在原地。

四周的景色一下子大变样了。之前被美丽红叶点缀的大地变成了红褐色，随处可见旅鼠的尸体。有的旅鼠还没断气，仰面朝天露出白色的肚子，四肢无力地挣扎着。

北极狐急匆匆地跑了过去。冬天时它是一身像雪一样的纯白毛发，夏天则是灰色。北极狐瞥了卡帕一眼，看也不看旅鼠的尸骸，快步走开了。或许它已经吃饱了，对旅鼠已经失去兴趣了。

卡帕突然觉得饿了，想去吃点草和苔藓。

糟了！草和苔藓都被拔掉了，几乎已经没有能吃的部分了。在漫长的行进过程中，旅鼠们饥饿难耐，已经轮番把草和苔藓吃光了。大地变成红褐色，就是这个原因。

这下可不得了了，再待在这里的话会饿死的，得转移了。卡帕边想边迈开了步子，可是因为他太饿了，竟然做出了一个莫名其妙的举动。

他叼起了一只旅鼠。旅鼠刚死没多久,身体还是温热的,留在记忆中的雪鸮事件让他不知不觉间做出了这个举动。

一股臭味袭来,卡帕恶心得差点吐出来,但还是狠下心用臼齿咬了下去。

旅鼠尸体滋地一下撕开了,血腥味和肉的味道充满了卡帕的嘴巴,竟然很好吃!

卡帕又叼起了一只长着棕黑色杂毛的旅鼠。

他一口吞了下去,和吃草时候的感觉不同,饥饿感一下子消失了,卡帕不想再吃了。他想尽早离开这片满是旅鼠尸体的红褐色大地,便快步跑了起来。

永别了，幸福的日子！

卡帕已经六岁了，他进入了壮年期，是精力最充沛的年龄。

他全身肌肉紧实，体格健壮，体重比平均值重很多，有二百五十公斤。鹿角的主枝向前方弯曲，勾勒出一个漂亮的圆，长达一百二十厘米。主枝的顶端分散出侧枝，呈手掌的形状。从右侧前角向头部前方突出的眉杈有三个分枝，显得威风凛凛。

全身如白银般美丽的毛发闪闪发亮，肩部的肌肉高高隆起，脖子上垂下长长的银丝般的毛发，顿显神圣庄严。

萨米人之间流传着这样一个传言：有一只卡帕色的雄性驯鹿，神圣而庄严。很少有人能看到那只驯鹿，一旦被人发现，他就会像一阵旋风般迅速消失。凡是看见他的人，会陶醉在那世间无双的美丽与神圣中，或是好几天卧床不起，或是突然变得十分开心，总之会变得有些奇怪。于是人们纷纷议论：那一定是乌尔塔养的驯鹿。

寒风吹得树木瑟瑟发抖。卡帕卧在地上，眯着眼睛环顾四周。

虽然已经是深夜了，却很明亮。拉普兰的八月是极昼的季节。太阳不会降落到地平线以下，所以会有这种微亮的夜晚。

"咚咚咚！"是啄木鸟啄树的声音。要是在春天或秋天，这个声音是在告诉动物们：天就要亮了。不过，这是在极昼的夜晚，啄木鸟应该是在捉虫子吃。

"吱——！"尖厉的声音打破了夜晚的寂静。

紧接着，一个灰色的影子穿过树林飞上了天空，是猫头鹰在捉老鼠。猫头鹰悄无声息地袭击了老鼠，然后又悄无声息地飞走了。不出任何声音就能夺走性命，简直就像死神一样，令人毛骨悚然。

卡帕的前面，一只雌鹿和一只米艾希正相互依偎着睡觉。他们身旁是另一对母子,松树下面卧着一对母子和一只年轻雌鹿在熟睡。

卡帕是这个小群落的首领。不过,他是在八月初才当上这个群落的首领的,才过了没多久。但群落里的雌鹿们对他都十分顺从,好像卡帕从很久以前就是这个群落的首领似的。

到了夏天,为了避开大量的蚊子和虻,野生的驯鹿会迁徙到凉爽的高原地带或北冰洋附近海风很大的冻原地带。萨米人会利用驯鹿的这种习性,将希塔赶到山地或北风很大的冻原地带,又或者漂洋过海,把希塔带到北冰洋的小岛上。

到了目的地以后,萨米人就会把驯鹿放了。雌鹿们会组成小群落,自由生活。卡帕就是盯上了这个机会,闯进了雌鹿群落,成为群落的首领。群落的雌性首领年纪很大了,就叫她阿库（萨米语,奶奶、老太婆的意思）吧。

卡帕内心十分踏实平静。雌鹿们和米艾希们都很信任卡帕,对他十分亲切。到了秋天,驯鹿们将迎来发情期。到那时,雌鹿们应该会很自然地接受卡帕的心意吧。

极北地区的秋天很短。到了九月中旬,天空中忽然布满乌云,刮起了猛烈的北风。白桦树金黄色的树叶被越刮越大的暴风雪卷走了,以至于漫天飞舞的暴风雪都变成了金黄色。

驯鹿们围着阿库，在树林中树木密集的地方躲避暴风雪。

风雪停了，仿佛突然掀开了一块遮挡视线的灰色面纱，眼前是一片透明澄澈的蔚蓝天空。

阿库的群落若无其事地开始吃草。

一只长着雄伟鹿角的雄鹿出现了，他快步走向一只雌鹿。

驯鹿迎来了交配期，单身雄性们开始四处寻觅雌性。这只雄鹿也是其中的一个，他很走运，发现了喜欢的雌鹿，便高兴地跑了过去。

一只白色驯鹿从大树后面慢吞吞地走了出来，他那雪白的毛发就像是被暴风雪染白的。

卡帕将脖子微微向前探出，瞪着入侵的雄性。

入侵雄性突然收敛了兴奋的劲头，仿佛在说"我只是路过"，便垂头丧气地走了。

进入交配期以后，强大的雄性会进入雌鹿群落中成为首领。雌鹿们都变成了雄鹿的伴侣。

独自游荡的雄鹿们会接近雌性群落，努力成为群落的雄性首领，他们还会挑战群落的雄性首领。入侵雄性如果胜利了，他就会成为新的首领，战败的雄性会灰溜溜地离去。

卡帕拥有超级雄壮的体格，威风凛凛，凑上前来的单身雄性们一看到他那英武的身姿就害怕了，基本上都会放弃战斗逃走了。

这个时期，不仅仅是雄性处于兴奋状态，雌鹿们也失去了往常的镇定。她们像是在寻找什么东西似的四处张望，有的雌鹿想要悄悄地溜出群落，还有的雌鹿仿佛被什么吸引了一般一心要往外跑，总是做出令人难以想象的举动。

卡帕十分忙碌。他频频发出低吼声，表明自己才是群落的首领，一旦有雌鹿脱离群落，他会立刻追上去，把雌鹿带回来。

当追求雌鹿的雄性出现时，总会有雌鹿被雄性吸引，逃离群落。卡帕只要看到有雄性出现就会十分紧张，大声发出低吼，牵制那些心神不定的雌鹿。

有一天，出现了一只体格健壮的雄鹿。看起来他的体重要比标准体重稍重一些，头上长着雄伟的鹿角。他的眉杈呈手掌形状，从主枝上分出来的侧枝的尖端都在闪闪发亮。或许是因为角上的绒毛都脱落了，并且鹿角在树上摩擦过的缘故，角的顶端白得发亮，就像是插着几把短刀。

最有特点的，还是他的外貌。漆黑的脸上，两只眼睛发出异样的光芒。从脖子到背部长满了白毛，屁股和身体、脚都是褐色的，蓬松的灰白色长毛从脖子上垂下来。

芬兰语把黑色叫作"穆斯塔"，我们就把这只雄鹿称作穆斯塔吧!

穆斯塔完全无视卡帕的存在,径直闯进了鹿群里,没有一丝犹豫。他理直气壮地靠近雌鹿,骑上了雌鹿的屁股。

雌鹿吓了一跳,向前趔趄了几步,穆斯塔把上半身靠在雌鹿的后背上,用两只前脚牢牢抱住了雌鹿的肚子。

穆斯塔与雌鹿并排站立。雌鹿像是被施了魔法一般,变得十分顺从,舔了舔穆斯塔的脖子。

卡帕顿时愤怒了,他无法原谅那个恬不知耻的家伙无视自己的存在闯进群里。然而更让他震惊和愤怒的是,入侵者竟然轻而易举地驯服了自己的雌鹿,仿佛那本就是他的伴侣。

卡帕气势汹汹地朝穆斯塔冲过去。

穆斯塔像是等待已久似的接受了卡帕的挑战,两只雄鹿各自打起十二分精神,对峙起来。

首先进攻的是卡帕。怒火中烧的卡帕将头一低,冲了过去。

穆斯塔用鹿角结结实实地抵住了卡帕的角,然后猛地一扭。卡帕被愤怒冲昏了头脑,穆斯塔却很冷静。

穆斯塔这一扭的力道比想象中要大,卡帕的身体不由得向一边倾斜。

要是这个时候摔倒了,卡帕就输定了。卡帕使劲用脚蹬着地面,硬撑着没让自己摔倒,然后调整了一下姿势,迅速向后退去。

穆斯塔立刻站了起来,用两只前足朝卡帕劈了下来。

卡帕勉强用前脚挡住了这次攻击。这是一次迅猛的袭击,若是打在头部,肯定会引起脑震荡,被击倒在地。

卡帕和穆斯塔都站了起来,用前脚互相攻击了一会儿。不过,双方的较量只是停留在类似于拳击手打中远距离拳法的程度,都没能给对方致命一击。

卡帕终于恢复了冷静,穆斯塔却兴奋起来。或许是因为他之前从未战败过,这是第一次遇见这么强的对手,除了吃惊之外,还燃起了无论如何也要取胜的斗志。

两只驯鹿继续对峙着。穆斯塔无法遏制兴奋的心情,有些不耐烦了,开始用前足刨地,左右晃动脑袋。光秃秃的鹿角反射着光线,像刀一样闪闪发光。

他们低下头,鹿角缠在一起。然后,为了取得对自己有利的姿势,他们开始了较量。这就像是柔道选手双臂扭打在一起,他们通过调整鹿角的缠绕方式,可以获得有利的身体姿势。"真是个难缠的家伙。"在鹿角博弈的过程中,卡帕不禁对穆斯塔强大的力量啧啧称赞。通过鹿角的顶撞,大体可以判断对手的力量。有时甚至仅仅依靠鹿角的角逐就能看出双方的战斗技巧、实力和斗志,就能分出胜负。

卡帕和穆斯塔牢牢地抵住对方的鹿角,开始互相推搡。

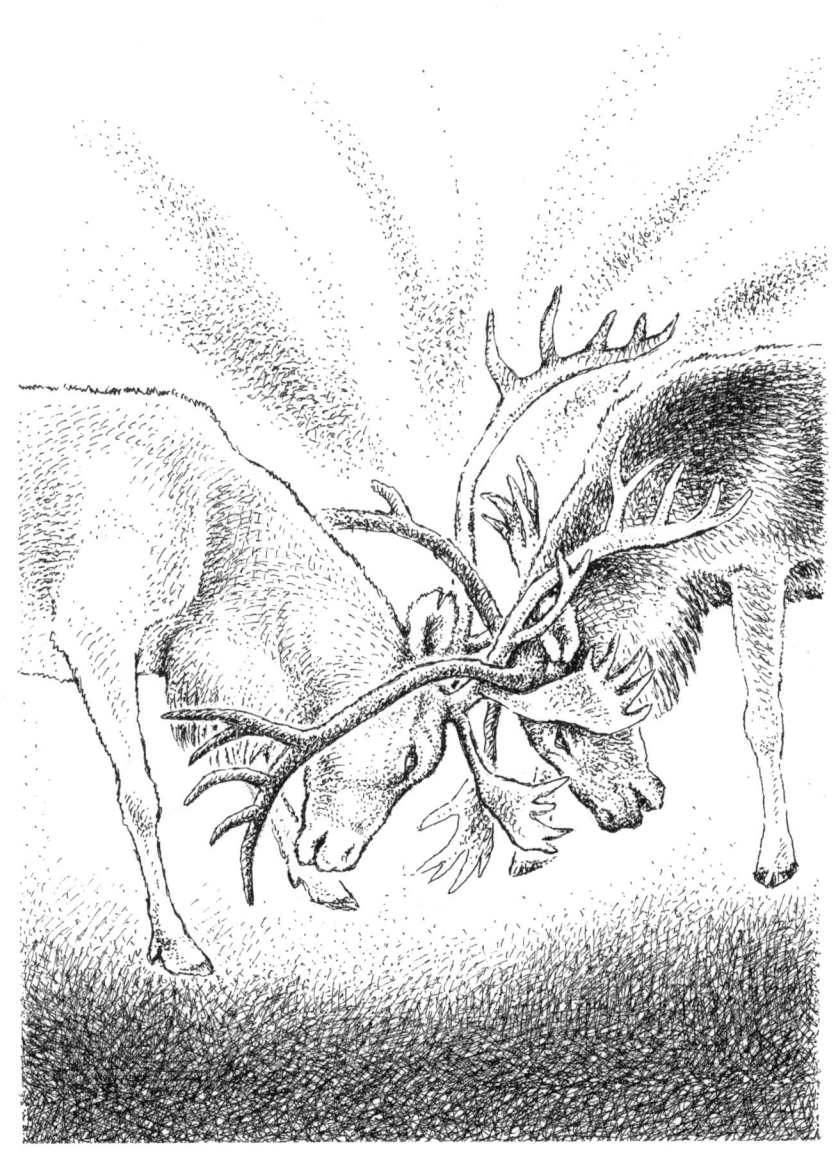

双方你进我退，你退我进，力量不相上下。

喘息越来越急促，两只驯鹿的眼睛里充满了血丝。

一阵北风吹来，整个树林都在摇晃。金黄色的树叶在风中飞舞，飘落在雕像般一动不动的鹿角缠绕在一起的两只驯鹿身上。

穆斯塔突然将鹿角向右别了一下，这是他的拿手本领，他曾用这一招让卡帕晃动了一下。

卡帕没有放过这个机会，将鹿角向右侧扭动的时候，左脚用力，身体会稍稍失去平衡。看准了这个机会，卡帕用尽全力向前方顶了过去。

穆斯塔遭到了卡帕出其不意的攻击，一时招架不住，向后退去。

卡帕没有给他重新振作的机会，接连发动攻击。穆斯塔无计可施，只得一路后退。

胜负已然分出。穆斯塔爽快地认输了，他挺直了脊梁，在雌鹿们的目送下快步消失在森林里。

卡帕感受到了久违的拼尽全力获胜后的爽朗心情。这是个相当强劲的对手，当时卡帕若是稍稍大意一点儿，恐怕早就输了。而且对方战败后干脆果决的态度也令他敬佩。

穆斯塔走进森林时，一阵风吹来，将他背上的黄叶吹到了空中，仿佛在为英勇战斗过的战败者践行一样。这幅场景深深地刻在了卡帕的记忆里。

这件事发生后，雌鹿们更加信任卡帕了，她们以阿库为核心，拥戴着首领卡帕，成了一个十分团结的群落。

然而，和平的日子没能持续多久。进入十月，萨米人就开始赶鹿了。

九月中旬开始下雪，到了十月，原野、森林和湖泊已经完全被白雪覆盖。卡帕知道已经进入了危险的季节。每年一到这个时候，人类就会带着猎犬来驱赶驯鹿，千万不能被他们发现。

自己曾经拥有过那么祥和的鹿群。阿库率领的雌鹿们性情很投缘，卡帕很少有这么平和满足的心情。他多么想一直和阿库她们生活下去啊！可是，经验告诉他，这样的执念会让他败得很惨。

卡帕下定了决心，趁着夜色离开了鹿群，重新踏上了孤独的旅程。

松鸡

与提提奥塔重逢

第二年的极夜过去了,进入了三月。

驯鹿们从冬天的圈禁中解放出来,在白雪皑皑的世界里悠然自得地生活。

无拘无束的日子固然美妙,但寻找食物却着实不易。他们用脚把雪刨开,找到埋在雪下的驯鹿苔来充饥。

卡帕一边小心地躲避人类,一边继续着他的独自旅行。

在一片云杉树林中,有几只雌鹿和幼崽。卡帕心想,终于可以过群落生活了。他走上前去,却突然站住了。

一只雌鹿抬起头,竖起耳朵瞥了卡帕一眼。她看见一只陌生雄鹿走了过来,心中略微有些警惕。

卡帕看着她,心中一惊。他死死地盯着雌鹿竖起的耳朵。那双耳朵仿佛一下子被放大了,卡帕可以清晰地看到上面的哈尔基印记。

他的心剧烈跳动起来,一股眷恋之情涌上心头,可是瞬间又被某种东西打消了。追捕者就在附近!艾洛夫、尼昂基拉、列夫、伊列皮,还有善良的汉娜和皮埃拉的脸庞像幻影般在脑海中闪过。

卡帕的第一反应就是:糟了!自己不小心走进危险区域了。既然这里出现了带有哈尔基印记的驯鹿,就说明艾洛夫一家随时都可能出现。

卡帕决定尽快离开这里。

他决定先藏进附近的树林里。如果他站在视野辽阔的平原上,搞不好人类从远处就能看见他。

卡帕正在云杉树林中匆匆赶路,发现迎面有几只雌鹿。从她们身边经过时,卡帕心想,她们是不是也有哈尔基印记呢?于是就瞄了一眼,结果大吃一惊,他停下了脚步——是提提奥塔!

提提奥塔也注意到了卡帕,快步走了过来。

提提奥塔鼻头上的白毛越发显眼了,孩提时代可爱的脸庞变成了优雅、成熟的风格。

卡帕和提提奥塔久别重逢,互相依偎在一起,为对方舔舐身体。

卡帕从没想过他们还会重逢。他忘记了一切,沉浸在偶然相遇的喜悦里。他们要一起生活的念头带着嫩草发芽般的新鲜感涌上心头。

一只鼻头上顶着星星的米艾希一溜烟儿地跑了过来。

这是提提奥塔的儿子。他紧挨着妈妈,用一双清澈的眼睛看着卡帕。

真可爱,卡帕心想。他温柔地看着米艾希。

警报突然在脑中响起。"这里是艾洛夫希塔的领地!没有时间沉浸在悠闲和喜悦里!"

卡帕的身体顿时充满了力量。"得快些离开这里。"

卡帕看了提提奥塔一眼,又急匆匆地走了起来。

提提奥塔仿佛早已明白了一切,立刻跟了上去,米艾希也跟在妈妈身后跑了起来。

确认他们跟上来以后,卡帕一下子提高了速度,迈着矫健的步伐奔跑起来。

在宛若白雪精灵般的白色雄鹿的带领下,三只驯鹿在云杉树林里飞速奔跑,身后扬起阵阵雪烟。

皮埃拉已经十七岁了。他成了一个独当一面的年轻萨米人,是艾洛夫家里的重要人物。

出去狩猎和巡视驯鹿的列夫回来了。他把打来的松鸡从肩膀上卸下来，津津有味地喝起了装在白桦木杯子里的热气腾腾的咖啡。歇了一会儿后，他开始说话了。

　　"啊！真香啊！我都快冻僵了。热咖啡是最好的东西了。哦，对了，今天我看见了一个奇怪的场景。我躲在一棵大冷杉树后面，想要打松鸡，结果看见远处有三只驯鹿急匆匆地飞速奔跑。"

　　"哎呀，是有狼在追他们吗？"皮埃拉插了一句。

　　"我一开始也是这么想的。可是，我仔细看了一会儿，发现根本没有东西追他们，真是太奇怪了。这还不算什么，还有更奇怪的事呢。跑在最前面的那只雄鹿，虽然鹿角已经掉了，但是体格非常棒，全身雪白色。那么漂亮的卡帕色驯鹿，恐怕除了咱们家以前的那只就再也找不出第二个了。说不定真是他呢！"

　　"肯定是原来咱们家那只！另外两只呢？"

　　"是一只雌鹿和一只米艾希。不过，他们为什么跑得那么快呢？难道是后面有乌尔塔在追赶吗？我一想到这个就吓得毛骨悚然。"

　　列夫似乎想起了当时的情形，缩了缩脖子。

　　"是卡帕！一定是他！那只雌鹿肯定是提提奥塔。她的鼻头是不是白色的？"

　　皮埃拉兴奋起来，问个不停。

"这个嘛……鼻子上是不是有个星星我倒是没看清。不过经你这么一说,那头鹿的鹿角形状的确和提提奥塔很像。那家伙的鹿角,左边和右边的形状不一样,好像是左边鹿角的形状更复杂些?"

"嗯,左边鹿角从根部分出了细细的侧枝。一定是提提奥塔!"皮埃拉用很确信的语气断定道。

"那他们为什么要狂奔呢?"

"一定是逃出来了。卡帕和提提奥塔那么要好,一定是卡帕来接她了。"

"谁知道呢。不过,这也太奇怪了。也许是卡帕,可是他们为什么那么拼命地奔跑呢?想不通。一定是乌尔塔在追他们。"

列夫百思不得其解,又倒了一杯咖啡。

"哥哥,我去把卡帕抓回来。绝对是卡帕和提提奥塔。我小时候和他们最要好了。他们见了我一定会想起来的。你是在哪里看见他们的?告诉我吧。他们应该还没走远。只要跟着他们的足迹一定能找到。"

"倒也是。虽然我不确定那就是卡帕和提提奥塔,不过既然你这么说了,就去吧。不过,一定要小心,千万别被乌尔塔抓走了。"

列夫并不很积极,不过还是把他看见三只驯鹿飞奔的地方告诉了皮埃拉。

第二天一早,皮埃拉带上套索和便当,带着三只猎犬，踩着滑雪板出发了。天空阴沉沉的，随时都会刮暴风雪。母亲乌莉亚娜很担心，建议他看看天气情况再出发，可是皮埃拉坚持说没关系，还是出发了。要是不赶快出发，卡帕就跑远了。而且一旦下雪，足迹就会消失，就没办法追踪了。必须抓紧每一分每一秒，皮埃拉在心中呐喊。

和卡帕分别已经七年了。当时，提提奥塔重新被捉回来，被当作家养驯鹿喂了一阵子。在提提奥塔被放走变成自由身以前，一直都是皮埃拉在呵护她照顾她，所以皮埃拉觉得，只要提提奥塔看见自己，就肯定会回来的。

抵达列夫告诉他的那片云杉树林后，皮埃拉很快就找到了三只驯鹿的脚印。其中一只的脚印足有阉割雄性的那么大，估计至少有二百五十公斤重。应该是卡帕的脚印没错，真是长成了一只威武雄壮的雄鹿啊！皮埃拉感叹道。中等大小的脚印是提提奥塔的，还有一个小小的脚印应该是米艾希的。

皮埃拉让三只猎犬仔细闻了闻脚印的味道，便出发追踪脚印了。脚印是昨天留下的，现在恐怕已经走出很远了。粮食带了三天的分量。问题是一旦刮起暴风雪，一切就都完了。寒冷会让人无法动弹，关键是脚印会被抹掉。"请神灵保佑我能见到卡帕！"皮埃拉向森林之神祈祷。

出了云杉树林，穿过雪原，足迹一直延伸到了白桦林。与阴暗的云杉树林不同，白桦树的叶子都落光了，林子里都是秃树，视线非常好。

足迹并不凌乱，清晰地印在雪地上。如果奔跑的速度很快，鹿蹄会把雪踢起来，脚印会变得不清晰。脚印形状完整，就表明驯鹿已经放慢了速度。证据之一就是，脚印之间的距离也缩短了，似乎还有走路的时候。看来已经离他们很近了，皮埃拉的心情稍稍放松了些。

远处传来猎犬奥库塔的叫声。尖锐的犬吠声震颤着零下二十摄氏度的冰冷空气。一定是找到提提奥塔了。皮埃拉用力撑了一下滑雪杖，全速前进。

已经跑到很远的地方来了，就不用再着急了吧——卡帕心想，于是就放慢了脚步。如果只是他一个，为了安全起见，会跑到比现在远一倍的地方。但是现在带着米艾希，所以不能那么做。他没想到这个小家伙能跟上他的步伐。不愧是提提奥塔的孩子，是个可靠的小家伙。

他们走进了一片稀疏的树林。一大早开始就一直在赶路，肚子早就饿得咕咕叫了，卡帕开始挖雪找驯鹿苔吃。提提奥塔也开始挖雪。幸运的是，刨了五十厘米后发现了许多驯鹿苔。

一阵风吹来，卡帕一惊，抬起了头。他嗅到了一丝狗的气味。

提提奥塔似乎也察觉了。她迅速抬起头，不过又若无其事地把脑袋扎进雪洞里去了。米艾希几乎和妈妈脸贴脸，吃驯鹿苔吃得正香。

卡帕停止了进食，耳朵和鼻子高度紧张起来，看不见的危险正在迫近。

又一阵风吹来，卡帕明确地捕捉到了危险信号。"危险！必须马上逃走！"

卡帕朝着和气味相反的方向急速奔跑起来。

可是，这究竟是怎么回事？提提奥塔淡定自若，仍然在埋头吃驯鹿苔。

卡帕急躁起来，用前足刨着雪，转着圈儿跑起来——你在做什么！再不快点的话，我就不管你了！

狗的气味越来越强烈了，已经到附近了。提提奥塔不紧不慢的样子让卡帕火冒三丈。"你在想什么！会被抓的！"

人类和猎犬很快就会出现。再磨蹭下去，不是被抓就是被杀。卡帕下定了决心，转身朝森林中奔去。

跑了一会儿，卡帕停下来回头张望。提提奥塔母子没有要跟上来的意思，他担心起来。要不要继续逃跑？卡帕犹豫了一会儿，最终还是决定原路返回。

在距离提提奥塔六十米远的地方，卡帕停住了脚步。

他看见两只猎犬跑了过来。可是提提奥塔没有逃跑，只是抬起头看着猎犬。

猎犬越来越近了。卡帕极度紧张，做好了随时逃跑的准备。

然而，令人难以置信的事情发生了。提提奥塔不仅没有逃走，反而做出了迎接猎犬的姿态。

褐色的猎犬来到她面前，摇着尾巴，朝她扑了上去，像是要抱住她似的。

提提奥塔弯曲前足跪了下来，脸朝向猎犬。猎犬大叫了几声，似乎很是开心，然后开始舔她的脸。

褐色猎犬和提提奥塔曾经是很好的朋友。卡帕被这出人意料的情节震惊了，觉得自己被提提奥塔背叛了，心中顿觉凄凉。

皮埃拉听到的犬吠声就是这个时候发出的，卡帕自然不知道皮埃拉正在全速往这边赶。

从刚才开始，云彩的走向就有些奇怪。云朵在天空中飞速奔跑，可是这会儿推动云彩前进的风似乎来到了地上，一阵狂风突然吹过树林。

"嗷——"北方传来大地轰鸣的声音，渐渐地，声音越来越大，洋洋洒洒的雪花从空中落下，在林中飞舞。

是暴风雪。

转眼间，提提奥塔和猎犬的身影就被一层白色幕布似的东西遮住了。

难道这就要和提提奥塔分别了吗？卡帕忧伤地

想。好不容易和相互信赖的童年伙伴结成了伴侣，却又被这场无情的暴风雪拆散了。不过，从另一方面来说，暴风雪也带来了幸运。因为这场风雪帮他逃脱了人类和猎犬的追踪。

卡帕恢复了精神，打算趁着暴风雪逃走。

身后传来踏雪的声音，难道是……卡帕停下脚步，看见大雪之中露出了提提奥塔的脸。

"果然跟上来了！"卡帕高兴地蹦了几下，米艾希也学着卡帕的样子跳了几下。

卡帕猛地冲进了暴风雪之中，驯鹿母子立刻跟了上去。

皮埃拉听到犬吠声之后，很快就听到了令人毛骨悚然的大地轰鸣声。暴风雪刮起来了。

"完了，这下没戏了。"皮埃拉咬紧了嘴唇。终于能靠近猎物了，可是却连对方的样子都无法确认，难道就这样受挫败北吗？就算抓不住他们，可至少他想告诉家人：他们的确是卡帕和提提奥塔。他不顾大家的劝阻执意跑出来，连驯鹿影子都没见着就回去的话，太丢人了。

这时，猛烈的暴风雪刮起来了，把皮埃拉心中的不甘吹得无影无踪。大块大块的雪砸在他脸上，眼睛和嘴巴都睁不开了。

猎犬们去哪里了？如果放任他们不管的话，恐怕会被雪埋了。皮埃拉拼死吹起了口哨。

风向变了，风开始从皮埃拉这边朝驯鹿的方向吹去。

皮埃拉两手放在嘴边，用尽浑身的力气大喊："卡帕——提提奥塔——"

他的心中涌起一股热流，情不自禁地喊了起来。他一遍一遍地喊着，喊得嗓子都哑了。如果追赶的驯鹿真的是卡帕和提提奥塔，他们一定记得皮埃拉的声音。

虽然和卡帕已经分别七年了，可是从卡帕还是米艾希的时候，皮埃拉就是他的好朋友了。他一定能想起皮埃拉来。提提奥塔是被当作家养驯鹿养大的，皮埃拉的声音肯定已经铭刻在她脑子里了。

奥库塔和古奥库特两只猎犬冒着暴风雪回来了。奥库塔在萨米语中是"一"的意思，古奥库特的意思是"二"，代表"三"的高尔布玛不知去向了。

像着了魔似的不停喊叫的皮埃拉被靠过来的奥库塔拉回了现实。

一阵刺骨的寒气流遍了全身。皮埃拉掸去钻进防寒用具的雪，抱住了奥库塔。奥库塔哼哼地叫着，紧紧抱住了皮埃拉。猎犬们也冻坏了。古奥库特凑到皮埃拉的脚边。为了抵御寒冷，动物们会把身体紧贴在一起取暖。猎犬们现在便是在索求温暖。

皮埃拉四下看了看，不断降下的雪花让他无法把握周围的情况。他必须找到大树或倒木，或是树木密集的地方，总之得找到一个可以躲避风雪的地方。否则等夜晚降临，他恐怕要被严寒冻死了。

皮埃拉在暴风雪中艰难地行走着，找到了一处生长着几棵云杉的地方。他砍下云杉树枝，搭了一个简易避雪棚。

皮埃拉抱着两只猎犬，蹲在用云杉树枝做成的篱笆中间。

狂风呼啸，雪花透过稀疏的云杉树叶篱笆钻了进来。

"啊，好冷！"皮埃拉被严寒冻得瑟瑟发抖，紧紧抱住猎犬。

云杉树枝晃了几下，有什么动物拨开树枝，露出了脑袋。皮埃拉吓了一跳，抬头看去。

他看见了鼻头上像雪球一样的白毛。

"提提奥塔！"

皮埃拉不禁大叫起来，一下子站起身。

提提奥塔推开云杉树枝钻了进来。紧接着，浑身是雪的米艾希跳了进来。

皮埃拉搂着提提奥塔的脖子，蹭了蹭她的脸，然后眼泪唰地流了下来。

"果然，你果然找我来了！看来你听到我的声音了，我的心意传达到了！"

说完，他呜咽起来，双手紧紧抱住了提提奥塔的脖子。他感受到了提提奥塔温暖的体温。"啊！这下好了，简直像是盖了一床温暖的毛毯。这下可以御寒了。"皮埃拉松了口气，再一次抱紧了提提奥塔。

篱笆外面似乎还有谁在。某个物体从皮埃拉眼前一闪而过。是棕熊？狼？要是棕熊的话就糟了，这里的人和动物都将必死无疑。

不，不是棕熊，也不是狼。如果是这些动物，提提奥塔和猎犬绝不会静静地待在这里。

皮埃拉站起身来，战战兢兢地拨开云杉的小树枝，朝外看去。

"啊！"

由于过度震惊，皮埃拉差点晕厥过去。

在凛冽的风雪中，一只比雪还要洁白的驯鹿屹然挺立着。

"卡帕！！是卡帕！！"

皮埃拉呆呆地站着，像是在念咒似的嘟囔着。

突然，银白色的驯鹿猛地一转身，像疾风一样消失在肆虐的暴风雪中了。

卡帕的身影如幻影一般消失在风雪中。在那之后好一阵子，皮埃拉仍旧精神恍惚地看着卡帕消失的方向。健壮魁梧的身躯，英姿飒爽的风采，令对方心生畏惧的目光——卡帕的风姿已经可以称得上是极北地

区的王者了！

卡帕果然记得他！而且还跑过来和他道别了！这样一想，皮埃拉的心终于踏实了，心情也开朗起来。而且，最让人高兴的是提提奥塔回来了，为了救他回来了！这个念头让皮埃拉心潮澎湃。如果提提奥塔没有回来，他和两只猎犬或许已经冻死了。在极北严寒地区生活的驯鹿，仿佛体内自带发电机，具备极强的耐寒能力，无论多么寒冷的天气都能安然度过。和驯鹿紧贴在一起，就像抱了一个裹着毛毯的热水袋，特别温暖。

卡帕在奔跑。他变成了一只在狂风暴雪中疾驰的野兽。雪打在他的脸上，粘在他的皮肤上，眼睛也被雪蒙上了，有时甚至什么都看不见。即便如此，卡帕也毫不畏惧，只是一味地向前飞奔。雪花粘在他白色的身体上，长长的鬃毛冻成了冰柱状。银白色的驯鹿像发了狂似的在暴雪中疾驰的模样，就像乌尔塔化身成驯鹿在发狂，充满神秘的气息。

卡帕的头脑一片混乱。他曾经那么信任提提奥塔，可是她一听见皮埃拉的叫声，就像着了魔似的被吸引了，离开了卡帕。这着实令卡帕遗憾。或许是因为在长期的家养驯鹿生活中，提提奥塔已经完全融入了人类的生活，失去了野性。卡帕虽然因为担心提提奥塔跟了上去，不过他的确也稍稍被皮埃拉的声音吸引了。虽然在他见到皮埃拉的瞬间,野性的本能又将他拉回了野生世界,但是矛盾的心情却让他完全失去了冷静。

他不知道自己该往哪里走。只是,在暴风雪中狂奔成了支撑起当下的唯一的生命的呐喊。

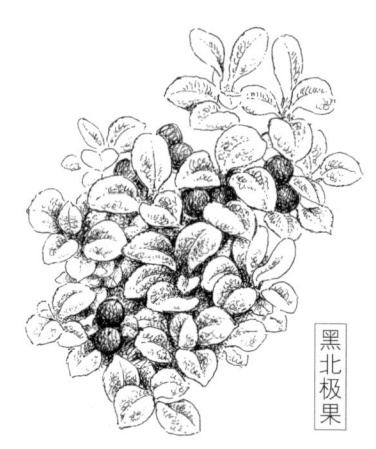

黑北极果

回归野生世界

卡帕穿越暴风雪,来到了一片白雪皑皑的平原。青黑色的天空中,飘浮着长长的红色和金色的云彩,旁边还有几片残云。

地平线上有六匹狼排成一列疾驰而去。看着他们那黑黢黢的剪影,仿佛能听到轻快的脚步声。

卡帕正在朝着晚霞奔跑。若是在平常,卡帕看见有狼,会改变方向避开他们,可是现在的卡帕却径直冲了上去,仿佛要闯进狼群似的。

第二天，卡帕还在不停地奔跑。他跑到了伊纳里湖北边，足足跑了一百五十公里，不知不觉跨越了芬兰国境，进入了俄罗斯境内。

原本国境这个东西就是人类出于政治目的人为制造出来的界线。那里是哪个国家的领土，跟卡帕没有任何关系。

云杉树林前面，有一群驯鹿。他们正在吃河边矮柳的冬芽。

卡帕太累了，不吃不喝地不停奔跑，身体已经精疲力竭了。不过，他的精神还好。烦恼和迷茫都被暴风雪吹走了，如今他的心情十分爽朗。

矮柳芽很好吃。卡帕刨了几下雪，没想到积雪很浅，露出了浆果类植物的黑色果实。吃到嘴里，饱满的汁水在口中扩散开来。

吃了一会儿，卡帕朝十几只雌鹿和幼鹿组成的群落走去。

咦？卡帕心中纳闷。驯鹿们对于卡帕的接近并不吃惊，不过其中的两三只雌鹿有些警惕，竖起了耳朵。看到她们的耳朵，卡帕感觉太不可思议了。

耳朵上没有任何伤痕。没有刀切的痕迹，也没有类似耳朵标签的东西。再看其他雌鹿和幼鹿，他们的耳朵都是完整的，没有任何刻痕。卡帕见过的驯鹿，耳朵上都会有某种印记，每一只驯鹿都属于萨米人所有。

卡帕觉得不可思议倒也在情理之中，他遇见的这些驯鹿是野生的驯鹿。

　　芬兰的驯鹿乍一看去的确在田野和森林中过着自由自在的生活，但其实都是有主人的。在芬兰，没有野生驯鹿。在欧洲，野生驯鹿已经变得很少了，只有在挪威和俄罗斯的部分地区才有一些。俄罗斯的野生驯鹿栖息地，位于芬兰伊纳里湖东边的俄罗斯领土内，卡帕偶然间闯入了那里。

　　雌鹿和幼鹿的群落在卡帕走近后很快解除了戒心，很顺利地接纳了他。

　　卡帕是第一次看见没有耳朵印记的驯鹿，所以有点紧张，不过很快就恢复了平常的状态，自然而然地融入了鹿群。

　　卡帕对自己很有自信。他长着长长的坚硬的雄伟鹿角，非同一般的高大健壮的身躯，浑身覆盖着银白色的体毛，脖子上长着蓬松的银白色长鬃毛，一直垂到胸前。鹿角高高扬起，走起路来威风凛凛，散发着王者的气魄。雌鹿们一看到卡帕，就被他周身散发出的慑人魅力所折服，立刻展现出顺从的态度。雌鹿们对卡帕那值得信赖的强大力量痴迷不已，十分高兴地接纳了卡帕。

　　根据以往的经验，卡帕认为野生雌鹿群落会毫不迟疑地接纳自己，他认为这是理所当然的事情。

　　自从和新的雌鹿群落生活在一起，卡帕发现了某些和以前的群落生活不一样的地方。

　　她们和希塔里的驯鹿吃的东西是一样的，逐水草而居的生活方式，还有母子之间的和睦亲情等等，这些都和卡帕经历过的群落一模一样。然而，终归还是有不一样的东西。

仔细观察的话，就会发现这些雌鹿们比放牧驯鹿瘦一些，身体的肌肉十分结实。动作不似放牧驯鹿那般落落大方，但是十分机敏伶俐，碰一下会被弹回来，那种感觉十分愉快。

卡帕感觉到的东西究竟是什么呢？某一天的傍晚，发生了一件事，告诉了他答案。

那天的晚霞很美。西方的天空被染成了赤金色，渐渐地，光芒消失了，变成了黑色、灰色和紫色的色调。驯鹿们在白桦林里休息。有的驯鹿弯腿横卧在地上，准备进入夜晚的睡眠。

远处传来狼嚎声，震动着傍晚安静的空气。

卡帕一辈子也忘不了当时的场景。

那些结束了一天的活动、正在悠然休息的驯鹿们，一听到那个声音，顿时条件反射似的紧张起来，竖起耳朵，齐刷刷地站了起来。就连横卧在地上的驯鹿母子都迅速站起身，采取了同样的姿势。

在紧张得快要冻结的空气中，驯鹿们竖起耳朵，不放过任何微小的声音，将全身的感觉神经打磨得极度敏锐。

卡帕无比敬畏地看着那幅场景。

在那一瞬间的寂静中，充满了野生生活的紧张感，严峻到令人心生畏惧。

体格健壮的中年雌鹿用犀利的目光望向前方，突然，她的目光柔和了下来，全身放松下来，卧在了地上。这就像是一个信号，其他雌鹿和幼鹿也解除了紧张感，进入休息状态。声音渐渐远去，这说明他们已经脱离危险状态了。

除了人类以外，最可怕的敌人就是狼群了。他们是高明的猎手，通常是在头狼的带领下协同狩猎，所以一旦被盯上就很难逃脱了。

放牧驯鹿同样也最怕狼群，一听到远处的狼嚎就会紧张，竖起耳朵，采取戒备姿势。卡帕曾见到过几次那样的场景，不过并没有野生驯鹿散发出的这种极致的紧张感，就像是箭在弦上，一触即发。

卡帕生平第一次亲眼见证了野生生命的律动，被深深地震撼了。

在和野生驯鹿生活的日子里，卡帕感到心中萌生了某种从未体验过的强大力量。

在远离人类世界的野生生活中，卡帕内心深处隐藏的野性恢复了本来面目，迅速在心里成长起来。

这里有许多威胁驯鹿生命的可怕的猛兽，狼群、棕熊、貂熊等等，虽然没有了被人类追捕的威胁，但是仍旧有新的敌人。卡帕来到了野生动物厮杀的世界，新的旅程开始了。

仿佛昭示着新旅途的幸运前程一般，第二年春天，这个鹿群里诞生了一只耀眼夺目的纯白色米艾希。

关于驯鹿和驯鹿游牧

　　我曾经在位于北极圈内的芬兰伊纳里湖北部,研究过驯鹿的生态情况。

　　站在望不到边际的白桦林中,我仿佛置身于人间乐园,沉浸在悠然踏实的心情中。

　　虽然是九月初,白桦树的叶子已经泛黄,森林中弥漫着金色的光辉。其中,花楸树的叶子变得通红通红,树上垂挂着红宝石般丰硕的果实,点缀着那片浅金色的空间。

　　虽说是九月初,但是凉爽的风吹在身上已经能感到丝丝寒意。秋风拂过脸庞,十分惬意。"好一片温柔的森林!"看着随风摇曳的黄叶,我完全沉醉了,情不自禁喃喃自语。

　　我之前一直在非洲研究猴类的生态和社会。不同种类的猴子,栖息环境也是各种各样。我曾经追踪过居住在干燥的半沙漠地带的阿拉伯狒狒,曾在埃塞俄比亚四千米的高地上和狮尾狒狒群落一起生活。虽说那里是接近赤道的热带，但是在那片高地上，早晨会结冰，森林无法生长。而在生存着许多猴类的热带雨林，全年的湿度高达百分之九十以上，仿佛生活在温室里。与这些相比，芬兰的森林是多么的温柔啊！极北地区一年有半数时间是冬天，树木的种类也十分有限。乔木有三种，白桦及松树、云杉、冷杉等不到十种树木，知道这些已经足够了。对于我这种长年被热带雨林复杂多样的树种所困扰的人来说，简直是梦幻般的世界。

穿过白桦林，野生驯鹿的小群落出现了。它们只是朝我瞥了一眼，似乎没有太多警惕，一边吃驯鹿苔一边缓慢移动。驯鹿苔多得惊人，有的地方多得像堆积的白雪。

我是个猴类研究者，为什么要不远万里跑到北极圈来研究驯鹿呢？或许有人会觉得不可理解。其实，是因为我带的研究生广谷彰君在这里研究驯鹿，我过来了解一下他的研究进展。那么，为什么非要在极北地区零下三十摄氏度的严寒中，研究驯鹿的生态呢？这是为了揭开"探索人类进化过程"这个庞大课题的一部分。接下来，我会就这个问题稍做说明。

人类从猿进化成人，是在距今约六百万年前。当时，人类过着狩猎采集的生活。也就是说，通过猎取野生动物、采集树木果实和树叶等获得食物。这种生活方式持续了一百万年、两百万年……竟然足足持续了六百万年！

这是多么神奇的事情啊！人类的大脑在这个过程中渐渐变大，智力也逐渐提高了。然而，数百万年间，狩猎采集时代一直经久不衰，生活的基本方式没有发生任何进步。

大约在一万两千年前，人类发生了一场生活大革命，农耕和畜牧这种新的生产生活方式开始了。

狩猎采集这种方式生产效率并不高。狩猎的道具包括石器、棍棒、简单的弓和枪，还有陷阱等，确保整个家族的稳定食物来源比较困难。即便有时能收获很多食物，但有时也可能追踪猎物一整天却毫无所获。

采集植物也很难保证能获得稳定数量的食物。果实的收获有丰收年和歉收年，而且会被气候所左右。怎样才能克服这些困难，怎样做才能保证食物来源的稳定呢？

答案很简单。把动物驯养成家畜，来代替用狩猎的方式捕获野生动物；还有，播撒能吃的植物种子，培育并收获果实，来代替从自然中采集植物。人类终于在一万两千年前发明了农耕和畜牧这种维持生计的方式。自那以后，人类的历史彻底改变了，文明时代开始了。之后的事情大家都在学校的历史课上学习过，大体都知道了。

那么问题来了，彻底改变人类历史的农耕和畜牧是怎样开始的？农耕和畜牧，是同时兴起的还是有先后顺序的？遗憾的是，这些问题人们到现在都还没弄明白。

关于饲养驯鹿的萨米人及其畜牧方式，有许多民族学方面的研究。可是，野生驯鹿的生态如何，它们的社会是怎样的——这方面的研究基本没有。动物之中，有容易驯化成家畜的，也有不容易驯化的。驯鹿看起来很容易驯化成家畜。萨米人巧妙地利用了驯鹿的这种特性，成功地将它们驯化了。于是，广谷彰君就想尝试着仔细调查研究驯鹿的社会和行为，打开这扇秘密之门。这就是他的研究目的。

驯鹿究竟是一种什么动物？它们的行为、生态、社会是怎样的？相信大家读了这个故事之后应该大体能明白，下面我再总结一下。

驯鹿是鹿科动物，分为九个亚种。由于是鹿科，和奈良公园常见的梅花鹿是同类。鹿科动物的特征是，都长着鹿角，鹿角每年都会脱落，然后再长出新的。日本髭羚和非洲高角羚就没有这些特征。

雄鹿在十一月到第二年一月，雌鹿在四月到六月期间脱落鹿角。鹿角脱落后会长出黑紫色的鹿茸，鹿茸渐渐长大，又变成坚硬的鹿角。鹿角表面覆盖了一层天鹅绒状的柔软表皮，到了九月初的交配期，这层皮会脱落，露出坚硬的鹿角。鹿角的形状各不相同。雄鹿的鹿角顶端大多呈手掌状，雌鹿却不是。侧枝的数目和形状的个体差异很大，最大的鹿角会分出四十四根侧枝。最特别的是眉杈，从左右两侧鹿角中的某支鹿角的根部长出一支侧枝，伸到额头上方。驯鹿的体重也因个体差异而有很大差别。雄鹿的体重在九十到二百七十公斤之间，相差很大。雌性的体重大约是雄性的一半。

一说起驯鹿,很多人会联想起一大群驯鹿移动的场景。不过,电视上播放的那种场景大多是被游牧民管理的驯鹿,它们并不总是结成那么大的群落行动的,那是在夏季和冬季转场时才能看见的风景。夏天,为了避开大量的蚊子、虻和暑热,驯鹿会结成大群落向高地和北冰洋沿岸迁徙。到了冬天,它们又会结成大群落去往积雪较少的低地和北部地区,去寻找驯鹿苔吃。

除此以外的季节,驯鹿们都会结成小群落,分散生活。驯鹿原则上是雌雄分开生活的。雄性独自生活,年轻雄性常常会组成雄性群落。关系要好的雌鹿们会聚在一起,组成二三十只鹿的群落,其中还有米艾希和一岁、两岁的年轻雌鹿。

在日本猕猴的群落里,成员是固定的,并拥有一定的活动范围。雌性驯鹿群落的成员是不固定的,外来的雌鹿也可以自由出入。雌鹿们的地位顺序是固定的。不过,排在首位的雌鹿并不会端架子,也不会吵架,大家都是和睦相处。

驯鹿交配期很短,从九月到十月。雄鹿会进入雌鹿群落,采取一夫多妻制。雌鹿如果想离开群落,雄鹿会追上去把它带回来。如果有四处游荡的雄鹿想要闯进来,常常会上演一场雄鹿之间的激烈战斗。

雌鹿分娩是在五月到六月,只产下一只幼崽。幼崽长得很快,到了两岁就完全独立了。年轻雌鹿会进入雌性群落，年轻雄鹿则会踏上单身雄性的道路。

从斯堪的纳维亚半岛北极圈再往北走，常常会看到驯鹿，没有管理的人和围栏，完全是自由生活。所以人们常常会以为那是野生的驯鹿。然而，实际上人们所见的驯鹿都是有主人的。在斯堪的纳维亚半岛，萨米人大约管理着六十万只驯鹿。野生驯鹿在挪威南部大约有四万只，在芬兰东北部和俄罗斯国境周围只有不到一千只了。

横穿斯堪的纳维亚半岛的北极圈以北的土地叫作拉普兰。拉普兰的意思是拉普人居住的土地，不过拉普人被认为是歧视性用语，他们自称为萨米人。拉普兰地跨芬兰、挪威和瑞典三国，萨米人的所有人口约五万人。一说起萨米人，人们一般都会想到驯鹿游牧民族，不过实际上放牧驯鹿的人口只占其总人口的百分之十三。

萨米人在斯堪的纳维亚半岛上定居下来是在公元前一千年左右。当然，在那以前也有人类居住，那里还留存着八千年前的遗迹。当我去挪威一个面向北冰洋的名叫阿尔塔的小镇时，看到了七千年前画在海边岩石上的驯鹿壁画，十分感动。当时的人或许就是靠狩猎驯鹿生活吧。

居住在伏尔加河（从俄罗斯西部流入里海的河流）周边的萨米人，大约在三千年前北上来到斯堪的纳维亚半岛。在芬兰，萨米人遍布全国。他们整日从事捕鱼和狩猎活动。打捞上来的海产主要是大马哈鱼和鳟鱼。狩猎的猎物主要有狐狸、兔子和驼鹿，最多的猎物是驯鹿。从十世纪左右开始，芬兰人、挪威人和瑞典人开始向北进军，萨米人渐渐被挤到了北方的土地上。同时，萨米人开始用驯鹿、狐狸和熊等的肉和皮毛与他们交易，开始赚钱了。

原本多不胜数的野生驯鹿，由于交易买卖的缘故被过度狩猎，数量很快减少。到了十六、十七世纪，驯鹿数量急剧减少，别说交易了，就连维持萨米人自己的生活都变得十分困难。于是到了十八世纪，诞生了一种以驯鹿为资源的新的生活方式，这就是驯鹿畜牧。

野生驯鹿常常是分散成小群落行动，不过到了夏天和冬天会汇聚成大群落进行迁徙。这是驯鹿的生态特征。萨米人原样利用了这种特性，发展成游牧的方式。也就是说，人类只要跟着自然汇集到一起的驯鹿大群落迁徙就可以了。这个时候，萨米人建起大大的栅栏，把驯鹿赶到里面，再获取肉和毛皮。除此以外的时间，都把驯鹿放养在野外，让它们自由自在地生活。游牧的原型就这样形成了。

饲养动物并让动物结成群落，由人来管理群落，逐水草而居，这是一般游牧民的做法。不过驯鹿游牧是让人跟随驯鹿的自然生态进行游牧，是一种非常有特色的做法。有一本书叫作《有关萨米人的故事》（约翰·托里著，吉田欣吾译）。托里生于一八五四年，这本书在一九一〇年出版。读这本书可以了解当时的游牧生活，可以知道严寒中的迁徙和生活是多么艰辛。书里还介绍了狼和貂熊等野生动物，还写了乌尔塔和斯塔尔这类妖怪的故事。

驯鹿畜牧最常利用的是肉、皮、鹿角和骨头，很少用驯鹿奶。一般的家畜，例如牛和山羊，肉和奶都会使用。奶酪和黄油等乳制品是人们主要的食粮。非洲的游牧民比起肉来更喜欢奶。所以，萨米人的驯鹿畜牧有很强的狩猎色彩，可以说保留了游牧的原型。

现在，驯鹿畜牧和以往相比发生了很大的变化。以前没有清晰的国境，可以自由迁徙到任何地方。现在的国境守备森严，带着拉屋四处游牧的日子越来越难以实现了，许多萨米人都开始以家为根据地放牧了。而且滑雪的时候不再用滑雪板了，改用动力雪橇或摩托了，并用无线电和手机进行通信，已经开始大范围使用文明的利器了。不过，他们最基本的半家畜式的畜牧方式并没有改变。虽然本书这个故事还是使用滑雪板时代的事情。

关于驯鹿的生态和社会，我从广谷彰君那里学到了很多，十分感谢。关于萨米人的游牧生活，有人做了些研究，尤其是小野寺诚的《走出极北的蓝色黑暗》（日本放送出版协会），郑仁和的《游牧》（筑摩书房），葛野浩昭的《驯鹿的社会志》（河合出版），我从这些著作中获益良多，在此表示深深感谢！

Kawai Masao No Doubutsuki (6) Kyokuhoku Wo Kakeru Tonakai
Copyright © 2008 by Mato Kusayama & Keiko Kanao
First Published in Japan in 2008 by FROEBEL-KAN COMPANY,LIMITED.
Simplified Chinese edition copyright © 2025 by Beijing Dandelion Children's Book House Co., Ltd.
Through Future View Technology Ltd.
All rights reserved

版权合同登记号 图字：22-2023-044

图书在版编目（CIP）数据

穿越极光的驯鹿 /（日）草山万兔著；（日）金尾惠子绘；孙雅甜译. -- 贵阳：贵州人民出版社，2025.4
（世界动物小说）
ISBN 978-7-221-18258-6

Ⅰ.①穿… Ⅱ.①草…②金…③孙… Ⅲ.①长篇小说－日本－现代 Ⅳ.①I313.45

中国国家版本馆CIP数据核字(2023)第257213号

SHIJIE DONGWU XIAOSHUO
CHUANYUE JIGUANG DE XUNLU
世界动物小说
穿越极光的驯鹿
［日］草山万兔 著 ［日］金尾惠子 绘 孙雅甜 译

出 版 人	朱文迅 策 划 蒲公英童书馆
责任编辑	颜小鹏 贺文平 装帧设计 王学元 曾 念 责任印制 郑海鸥
出版发行	贵州出版集团 贵州人民出版社
地 址	贵阳市观山湖区中天会展城会展东路SOHO公寓A座（010-85805785 编辑部）
印 刷	鸿博昊天科技有限公司（010-87563716）
版 次	2025年4月第1版
印 次	2025年4月第1次印刷
开 本	880毫米×1250毫米 1/32
印 张	7
字 数	125千字
书 号	ISBN 978-7-221-18258-6
定 价	39.80元

如发现图书印装质量问题，请与印刷厂联系调换；版权所有，翻版必究；未经许可，不得转载。
质量监督电话 010-85805785-8015